SALA 1208

SA

1 2

ILUSTRAÇÕES DE VISCA

CAIO TOZZI

LA
08

Editora do Brasil

Texto © Caio Tozzi
Ilustrações © Visca

DIREÇÃO-GERAL Vicente Tortamano Avanso

DIREÇÃO EDITORIAL Felipe Ramos Poletti
GERÊNCIA EDITORIAL Gilsandro Vieira Sales
EDIÇÃO Paulo Fuzinelli
ASSISTÊNCIA EDITORIAL Aline Sá Martins
APOIO EDITORIAL Maria Carolina Rodrigues
SUPERVISÃO DE ARTES Andrea Melo
DESIGN GRÁFICO Luciana Facchini
SUPERVISÃO DE REVISÃO Dora Helena Feres
REVISÃO Andreia Andrade e Flávia Gonçalves

Dados Internacionais de Catalogação na Publicação (CIP)
(Câmara Brasileira do Livro, SP, Brasil)

Tozzi, Caio
Sala 1208 / Caio Tozzi ; ilustração Visca. --
1. ed. -- São Paulo : Editora do Brasil, 2021. --
(Farol)

ISBN 978-65-5817-909-2

1. Contos - Literatura infantojuvenil
2. Literatura infantojuvenil I. Visca.
II. Título III. Série.

21-59116 CDD-028.5

Índices para catálogo sistemático:
1. Contos : Literatura infantojuvenil 028.5
2. Contos : Literatura juvenil 028.5

Maria Alice Ferreira - Bibliotecária - CRB-8/7964

1ª edição / 2ª impressão, 2025
Impresso na Forma Certa Gráfica Digital

Editora do Brasil

Avenida das Nações Unidas, 12901
Torre Oeste, 20º andar
São Paulo, SP – CEP: 04578-910
Fone: + 55 11 3226-0211
www.editoradobrasil.com.br

PARA OS AMIGOS DO COLÉGIO MOEMA

O CICLO DA VIDA

Quando tive a ideia deste livro, meu desejo era fazer um projeto de contos para o público juvenil. Criar histórias que abordassem os sentimentos e as relações que permeiam essa importante fase da vida, como os primeiros amores, a descoberta da sexualidade, questões com a família e a escola, *bullying*, depressão, tecnologia, entre tantas outras coisas. Hoje, com ele escrito, não sei se posso defini-lo como em sua fase inicial – ou unicamente daquela maneira. Porque penso que *Sala 1208* também se tornou uma espécie de romance fragmentado. E tem uma razão para isso.

Ao longo do processo criativo, decidi que as histórias estariam interligadas; ou seja, fariam parte de um mesmo universo. Assim, os oito contos que compõem este livro acompanham a vida de um grupo de alunos que estão no segundo ano do Ensino Médio do Colégio Vivência. A partir dessa escolha, a trama ganhou um ponto importante: mais do que as transformações da juventude, os personagens teriam que passar juntos – mesmo que cada um à sua maneira – por uma situação em comum e extrema: o encerramento das atividades do local onde estudam.

A ideia de colocá-los diante dessa inusitada circunstância surgiu de uma experiência pessoal: a escola onde estudei também fechou. Não na época em que eu estava lá, mas depois. Ainda assim, foi a partir dessa lembrança que resolvi mergulhar nos possíveis impactos que tal acontecimento poderia gerar de forma mais íntima em um jovem. Afinal, gostando ou não, a escola se torna um dos principais cenários da vida, onde invariavelmente passamos por experiências importantes e criamos laços definitivos.

Mais do que uma investigação sobre o comportamento dos personagens nessa situação-limite, busquei retratar uma geração que está prestes a transformar o mundo. Uma geração nativa digital que sabe muito mais do que abrir janelas *on-line* com um clique. Uma geração que se preocupa com o coletivo. Que não topa rótulos, que não se define, permitindo-se viver diversas experiências para descobrir quem esses jovens realmente são. Que lida com a liberdade com extrema responsabilidade. E que pensa no futuro sabendo do poder que tem em suas próprias mãos.

Sala 1208 acaba sendo uma única história vista de diversas perspectivas, apostando no formato episódico muito conhecido nas séries que tanto fazem sucesso entre os jovens. Nela, o leitor poderá juntar alguns fatos que ocorrem nos seis últimos meses desse colégio e construir uma única narrativa sobre essa galera. E perceberá, então, que, mais importante do que os acontecimentos propriamente ditos, são as relações que os ligam e se tornam essenciais. Nesta jornada, o valioso é descobrir como Alícia, Bento, Filipa, Dan, Theo, Martina, Jackie, Luna, Ximenes, Quincas, Ícaro, Cléo, Nuno, Pavio e Krebs lidam e se revelam diante da perspectiva do fim.

Fim esse que pode gerar belos e inimagináveis começos.

Uma boa leitura!

Abraços do Caio

FILIPA EM

A PONTE

1

"Cara Filipa, boa noite! Obrigado por sua mensagem!"

Eu não podia acreditar no que meus olhos estavam lendo. Só podia ser mentira. Belisquei o braço tentando me trazer à realidade. Mas era verdade. Ainda assim conferi uma, duas, cinco, dez vezes. Ou mais até. Li e reli o pequeno texto na tela do computador. Do ladinho do endereço do *e-mail* estava a foto dele. Ah, que vitória, Filipa! Você é demais, tanto empenho recompensado.

Quando na minha vida eu iria imaginar que o Ed Andrade me responderia? O cara era uma referência quando se fala no novo cinema do país. E não é por menos: o primeiro longa que produziu foi amplamente elogiado por todos. Também, que sensibilidade! Eu assisti ao filme cheia de entusiasmo. Aquela história dos dois velhinhos que sabiam o dia exato que iriam morrer após a visita de uma vidente me cortou o coração. Mas me fez pensar na vida, na nossa finitude. No que a gente precisa fazer todo dia. A crítica especializada distribuiu notas dez, cinco estrelas e altas recomendações em todos os jornais. Sempre diziam que o artista era um dos poucos a conseguir captar o ser humano em toda sua complexidade. A dor e a esperança dos personagens naquela situação irremediável conquistaram até o mais duro dos espectadores. Foi um estouro, ganhou prêmio fora do país e tudo!

E não é que ele tinha parado para ler meu envergonhado *e-mail* e, mais do que isso, me respondido? Era quase meia-noite de domingo, véspera do retorno às aulas, quando meu celular piscou. Eu corri, mesmo achando que pudesse ser uma mensagem da minha operadora oferecendo uma promoção imperdível para a semana. Mas, como estava ansiosa pelo retorno dele, não podia ignorar qualquer novidade em minha caixa de entrada.

"Que incrível saber que você organiza um cineclube em sua escola. Eu fico extremamente lisonjeado com seu convite para exibir meu filme em uma das sessões!"

Ahhhh! Ele tinha topado! Mas o filme a que ele se referia não era o dos velhinhos, não, e sim o que veio na sequência. Depois da explosão do primeiro longa, ele partira para falar sobre um tema que me interessava muito, é claro: as angústias e os desejos dos adolescentes. Sim, um filme sobre nós! De pessoas como eu, como meus amigos. Tinha tudo a ver com a proposta do Cineclube.

Quando a internet anunciou qual seria o tema do projeto, eu pirei. Sempre fui muito ligada nesse lance de cinema, tanto que lutei horrores para emplacar o Cineclube pelo qual sou responsável lá no Vivência. Meu esforço era tentar buscar títulos que também retratassem nosso dia a dia. Mas confesso que, na maioria das vezes, eu pouco me identificava com os filmes sobre jovens que eram produzidos. Sempre vinham com um olhar meganostálgico de um velho diretor sobre seu tempo de juventude. Sempre queriam falar "sobre nós", mas nunca "para nós", e nem colocavam na tela nossos pensamentos e sentimentos mais íntimos.

Por isso, quando o filme do Ed estreou, eu estava lá. Fui bem no primeiro dia. Foi uma pena ver a sala vazia. Sempre fico triste com isto: ver o cinema vazio para filme bom. Porque era realmente o caso de *A ponte* – este era o nome da obra. Era magnífica!

"Aliás, um dos meus objetivos sempre foi fazer esse tour *pelas escolas. E você foi a primeira a me convidar!"*

A cada linha que eu lia de sua resposta, ia me dando mais emoção. Deu até palpitação no peito. Tipo igual à que senti quando saí da sessão. Juro que não esperava que a experiência fosse tão impactante. Entrei rezando para não me decepcionar – torcia para que o filme não falasse só sobre drogas, primeira vez, gravidez na adolescência etc. etc. etc. Tipo filme sermão, sabe? É, aquela história que traz tudo que os adultos acham que precisam nos ensinar, mas a gente tá careca de saber (tudo bem que tem pessoas que ainda vacilam em algumas questões). Mas não era o caso de *A ponte*. O filme foi um soco no estômago, no melhor dos sentidos. Parecia que tinham colocado uma microcâmera escondida na minha mochila e feito um *reality show* na minha classe. E outra: como aquela protagonista, a Diana, tinha tudo, tudo, tudo a ver comigo! Ri, chorei, me senti angustiada, feliz, esperançosa, fiquei abalada. Uma montanha-russa de emoções durante as duas horas que passei dentro da sala escura do cinema. Saí extasiada, completamente modificada em relação ao momento que entrei. Caminhei meio que sem rumo pelo *shopping*, até precisei tomar uma água e me sentar na praça de alimentação para me acalmar. Aí, claro, dei de pensar na minha vida, nas minhas escolhas. Que vontade me deu de ligar para o Ed naquele momento! É, conversar com ele, agradecer pelo que tinha feito. Mas imagine se iria me atender! Estava só sonhando mesmo. Até porque ele andava viajando o mundo em festivais, dando entrevistas, sempre muito requisitado.

"Fora a sua ideia de promover um bate-papo. Isso é superimportante para mim, para a carreira do filme. Filipa, pode contar comigo!"

Mas ele respondeu. Minha mãe sempre diz: "Quando a Filipa quer, não tem ninguém que a segure". Eu não gosto de ser arrogante, mas aquela era uma verdade. Eu sempre fui uma garota bem determinada. E teimosa. Por isso, talvez, que as pessoas têm um pouco de medo de mim. Eu brigo mesmo pelo que acredito.

Cismei com essa ideia de levar o Ed na escola. Consegui seu contato no *site* da produtora do filme. Escrevi me apresentando e contando um pouco sobre minha proposta. Tinha certeza de que o recado iria se perder entre milhões e milhões de outros em sua caixa de *e-mail*. Ainda assim, elogiei horrores o filme e despendi um tempo para detalhar o que mais tinha gostado. Destaquei principalmente a forma como ele abordava a personagem Clarice, que tinha depressão e até pensava em suicídio. Cara, era tão real! Contei que tinha uma prima que havia passado pela mesma situação. Eu achava fundamental abordar aquele tipo de assunto. Cheguei a comentar com minha mãe, mas ela disse:

– Credo, que coisa mais pesada para falar num filme para adolescente! Você tem certeza de que a classificação indicativa era para a sua idade?

Mães e pais achando que temos 5 anos eternamente... os meus mal sabiam o que eu estava conseguindo dentro do meu quarto.

"Vamos combinar assim: acho que em outubro minha agenda está mais tranquila. Volte a me escrever no próximo mês e alinhamos a melhor data. Mas não se esqueça de retornar. Temos este compromisso juntos! Obrigado e um abraço do Ed!"

•.•

Meus dedos nem acreditavam que eu estava escrevendo para ele. O cursor do computador abria caminho para algumas palavras, que logo eram apagadas por não serem consideradas adequadas. Estava em busca de uma resposta à altura – é sempre assim: a gente deseja falar com pessoa famosa, depois não sabe como lidar.

"Ed, muito obrigada pela resposta. Estou até sem acreditar. Podemos combinar dessa maneira sim. Aí dá tempo de organizar tudo. Voltamos a nos falar, eu te escrevo. Obrigada de coração! Um abraço, Filipa."

Eu ria de boba na frente do computador, pensando no diretor Carmelo me dando parabéns pela conquista e naqueles olhinhos cheios de afeto da Cassandra, a bibliotecária fofíssima que era minha amiga, me olhando de canto, toda feliz. Fora o tanto que eu impressionaria a minha turma.

Fui dormir naquela noite imaginando que meu projeto do Cineclube iria bombar naquele semestre. Talvez a visita do importante cineasta virasse destaque até no jornal do bairro. Sempre que algo relevante acontecia no Colégio Vivência, algum jornalista do periódico ia cobrir o fato. Também, a escola era uma das principais e mais tradicionais instituições de ensino da região. Gerações já tinham se formado lá. Minha mãe sentia o maior orgulho de ter conseguido uma vaga para mim na escola. Falava para todo mundo. Eu gostava também; afinal, era uma escola boa, não podia negar. Mas eu sempre achava que dava para melhorar. Proporcionar coisas novas para os alunos, sabe? Coisas que fizessem a gente gostar mesmo de ir para a escola. Tá, eu sei: tem os amigos e tudo mais. São as melhores coisas. Eu não tenho nada contra estudar, até sou boa aluna. Mas é que a pressão vai ficando cada vez maior quando vamos chegando perto do vestibular. Eu já estava no segundo ano do Ensino Médio – ou seja: o nível de *stress* e preocupação ia aumentando vertiginosamente. Por isso meu desejo de propor atividades diferentes no ambiente escolar, para vivermos outras experiências para além da decoreba de conteúdo, em que pudéssemos pensar em coisas novas. Assim, tudo ficaria mais leve e gostoso.

Como quase ninguém tomava iniciativa, sempre pensei que restava a mim abrir caminhos. Foi assim que nasceu o Cineclube. Vi uma reportagem na televisão que mostrava algo semelhante em um colégio de outra cidade. De imediato fiquei pensando: Por que não poderíamos ter também uma sessão mensal de filmes? Iria ser demais! Sou super a favor do uso das artes para a formação. Com elas, a gente pode discutir um monte de coisas que não teria espaço em outro lugar, sabe? Com um filme, um livro, uma peça de teatro ou músicas, tudo fica mais fácil. Mais fácil de nos abrirmos, mais fácil de nos reconhecermos.

Aí tomei coragem e já no dia seguinte fui procurar a Cassandra, minha nobre apoiadora. Como contei, ela é a bibliotecária da escola. Ah, ela acolhe tanta gente em sua biblioteca. O lugar se tornou um refúgio para muitos alunos que, além de buscar livros, também a procuram para pedir conselhos e tudo mais. Ela sempre se entusiasmava com minhas maluquices e me incentivou a ir falar com o diretor Carmelo. Ela intermediou, e eu consegui marcar uma reunião com ele.

O problema era que o Carmelo sempre estava cheio de problemas. Vivia verbalizando isso e bufando pelos corredores com cara de preocupado. É... se pararmos para pensar, devia dar muita dor de cabeça mesmo dar conta de uma escola do tamanho da nossa. Ele era filho do fundador do Vivência, sabe? Parece que não teve muito como fugir da herança, mas não sei se gerir o negócio era algo que preenchia a alma dele, se era isso que realmente queria fazer da vida. Ainda assim, naquele turbilhão de coisas, entre a papelada para ler e chamados de sua secretária, ele me recebeu. Eu contei sobre a ideia e ele gostou. Gostou e ponto. É, não ficou entusiasmado nem nada. Disse apenas: “Tá ok, pode fazer!”. Depois, mandou eu conversar com a Cassandra, pois ela era a responsável pela agenda da sala multimídia também.

– Mas, Filipa – ele me alertou –, primeiro: esse projeto não pode dar trabalho para nenhum funcionário. Você deve recrutar os alunos, ficar responsável pela sala, limpeza e tudo mais. Estamos apenas cedendo o espaço.

Eu concordei, já prevendo aquelas orientações.

– E segundo – continuou –, escolha bem os filmes que você vai exibir nessas sessões. Pense sempre no seu público-alvo, ok? Procure coisas mais educativas, instrutivas, que tenham a ver com as matérias que estão estudando.

Assenti outra vez, mesmo não concordando totalmente com aquela visão. Mas tudo bem, eu iria ser responsável com a incumbência que me tinha sido dada.

•.•

Na manhã seguinte, cheguei na escola carregando a minha mochila e duas olheiras enormes. Não tinha conseguido dormir nada, de tanta ansiedade. Ainda assim meu sorriso de satisfação e orgulho denunciava a minha alegria. Estava prestes a surpreender a todos, afinal iria levar um diretor de cinema famoso na nossa escola!

Ainda não sabia muito bem como contar isso para minha turma. Pensei que poderia ser legal ir revelando aos poucos. Na primeira semana, comentei sobre o filme com todos os colegas que pude. O longa, que era uma produção meio que independente, ficou apenas algumas semanas em cartaz. Nem todo mundo tinha tido a oportunidade de conferi-lo nos cinemas. Alguns tinham ouvido falar. Chegaram a comentar que os projetos que Ed produzia eram muito inteligentes, até difíceis de entender. Sei lá, mas eu precisava, ao menos, tentar fazer com que assistissem. Estava muito empolgada com aquela exibição no Cineclube, pois poderia ser importante para fazer "a ponte", perdão do trocadilho com o título da obra. Pensava no Pavio, por exemplo. Ele parece não querer nada com nada. Iria ser tão bom ele assistir ao filme. Talvez, se ele se reconhecesse em algum dos personagens, poderia desatar os nós que tinha dentro dele e que sempre causavam aquela rebeldia sem fim. Eu gostava do Pavio, achava que podia ser um cara legal. Ele parecia até interessante, pena aquele jeito dele. E eu sabia que ele nuuuuunca iria ao cinema assistir a um filme como o do Ed. Então, era esta a minha missão.

Como o cineasta tinha se tornado meu único assunto naquela volta às aulas do segundo semestre, a Alícia começou a estranhar. Disse que eu estava meio obcecada pelo filme de tanto que falava nele. Como se tratava de uma das minhas amigas mais próximas, decidi dividir com ela o meu segredo. Quando soube da minha conquista, deu saltos de alegria.

– Só você mesmo, Filipa! Você é gênia! Eu fiquei louca quando vi o *trailer*, acho que todo mundo vai pirar.

O Bento, que também era meu amigo, acabou ficando por dentro da novidade.

– Bela iniciativa! – me parabenizou.

Mas na vida acontecem coisas que a gente não consegue compreender, nem tem explicação. De repente, algo que é secreto se alastra como pólvora e explode. Eu realmente não entendi como a notícia da exibição do filme, em pouco tempo, havia se tornado assunto de todos na classe.

Na outra segunda-feira, quando cheguei de manhã, fui surpreendida com um papo estranho assim que atravessei o portão. Lá estavam o Pavio e o Krebs, seu fiel companheiro. Como sempre, sentados no murinho com o péssimo hábito de zombar dos garotos do Fundamental e ficar mexendo com as garotas do terceiro ano. Quando cruzei com eles, os cumprimentei. E ouvi de volta:

– Filipa, estamos doidinhos para assistir ao filme *proibidão* que você vai trazer para a escola! – disse Pavio.

Krebs caiu na gargalhada e complementou o absurdo:

– Tem sacanagem, não tem?

Fiquei chocada. Claro que não tinha! A questão, como tinha sido amplamente divulgada, era que o Ed não havia feito qualquer concessão ao falar sobre as coisas que acontecem na vida dos adolescentes: droga, sexo, medos, depressão, além de retratar uma geração empreendedora, preocupada com o futuro, com as causas, e que vive seu primeiro amor etc. etc. etc. Mas, como sempre, havia uma ala que se prendia a tudo que podia fazer barulho e classificava a obra como polêmica.

Eu diria que era realista.

O fato é que, em pouco tempo, aquela fala dos garotos passou a ser replicada por todos os cantos. A notícia se pulverizou da pior forma possível. Eu perdi o controle da situação e suspeitei que o que podia ser a minha glória estava se tornando minha cova. Comecei a ficar muito preocupada, sem concentração para prestar atenção em mais nada. Nenhuma matéria entrava na minha cabeça. Sabia que, mais cedo ou mais tarde, algo iria acontecer.

E aconteceu.

Um dia, no meio da aula de Ciências, a Mercedez, que era nossa coordenadora pedagógica, abriu a porta da classe de supetão. Todos tomaram um susto, porque ela também estava afoita. Imaginamos que trazia uma nova informação sobre o primeiro simulado do semestre, mas não.

– Filipa, querida. Você pode me acompanhar? – ela falou.

•.•

Não, eu não fui para a sala dela. Mercedez me levou direto para a sala do Carmelo, que estava à minha espera. Eu ainda tinha a esperança de que estivessem me chamando para elogiar meu empenho por promover algo importante para a formação dos alunos. Mas, pela urgência, parecia que não era o caso. E a cara séria do diretor quando entrei me deu a certeza do motivo do meu recrutamento.

Mercedez pediu que eu me sentasse, e me acomodei na pesada cadeira de madeira maciça que fazia parte do mobiliário da sala – amplamente utilizada pelos maus elementos do colégio. Eu não me adequava ao perfil, nunca tinha sido chamada para a diretoria, então me sentia inadequada àquele ambiente.

– É... então, Filipa. Nós te chamamos aqui porque ficamos sabendo por alguns alunos que você está preparando a exibição de um filme... – Mercedez começou amigavelmente a conversa, embora sua gagueira expusesse certo nervosismo. – Um filme... um filme... – e ela não conseguia achar a palavra certa para defini-lo.

– Polêmico! – o diretor a ajudou de maneira incisiva. Depois, nada mais disse e permaneceu me olhando de pé com os braços cruzados.

Não sei se era bem o que a coordenadora queria dizer, mas ela acatou a definição mesmo assim.

– Pois é... – disse ensaiando um sorriso apaziguador.

Antes, porém, que tomassem aquilo como verdade, preferi expor minha experiência:

– Assisti ao filme no cinema e achei tudo tão bom! Fala direto com o jovem. Por isso a minha ideia de exibi-lo no Cineclube. Achei que uma conversa com o realizador do filme poderia ser produtiva para todos. Consegui o contato dele e ele topou...

Carmelo caminhou de um lado para o outro, fazendo um gesto negativo com a cabeça.

– Não acho que seja o filme ideal para exibir aqui na escola – decretou.

– O senhor assistiu? – perguntei espontaneamente. Talvez ele tenha sentido minha pergunta como uma afronta.

– Não! – falou secamente. Ele estava apreensivo. – Mas ouvi muito sobre.

Mercedez não sabia muito bem como conduzir aquele papo. Devia ter sido convocada por Carmelo, pois ele "sempre estava cheio de coisas para resolver e aí me vem mais essa!".

Eu estava travada, mas precisava ser firme, me colocar. Não podia deixar que aquela oportunidade fosse jogada fora daquela maneira.

– Eu assisti. Mais de uma vez. Fiquei impressionada como ele aborda a minha vida, a vida de todos os alunos daqui. Me vi refletida na tela como nunca antes. Saí completamente transformada do cinema. Isso é tão importante. Vocês já viveram esse tipo de experiência? – perguntei, direcionando meu olhar para a coordenadora.

Tentando ser conciliadora, ela voltou a falar.

– Filipa, acho que vale você refletir se seus colegas estão preparados para assistir ao filme. Você tem uma sensibilidade fora do comum e...

Eu achava um absurdo a maneira como, às vezes, os adultos desqualificavam o potencial de nós, jovens.

– Eu também não assisti, vou ser sincera. Mas, quando foi lançado, vi o burburinho que causou. Foi muito comentado o fato de trazer temas fortes.

– Fortes? Ele trata da vida, Mercedez! É o que vivemos todos os dias! – cortei-a abruptamente.

– Mas tem coisas que não precisamos falar... – o diretor retrucou do canto.

Carmelo estava incomodadíssimo. Talvez quisesse me dizer algo que não conseguia ou não podia. Ainda caminhava coçando a cabeça.

– Foi realmente muito arriscado dar a curadoria desse cineclube a uma aluna sem qualquer supervisão – ele pensou alto.

Não gostei do que ouvi. Fiquei um tanto decepcionada. Busquei o acolhimento de Mercedez, mas levei outra punhalada.

– Nós confiávamos tanto em você... – ela falou com pesar.

Fiquei chocada com o verbo no passado: "Confiávamos"?

– Vocês não estão entendendo – queria argumentar. – Acho que vale assistir ao filme e...

Mas fui impedida de continuar. Carmelo estava realmente fora de si.

– A exibição de um filme como esse em nossa escola pode gerar uma repercussão negativa, sabia, Filipa? Os pais começam a falar e tudo mais. Essa minha sala vai encher de gente, como se eu não tivesse problemas o bastante para resolver.

Eu estava surpresa com a justificativa e com o real motivo da proibição. Mercedez assinou embaixo o teor do medo.

– Essas coisas saem até no jornal hoje em dia...

Eu estava sem voz. Minha vontade era correr para casa e chorar dias e noites antes de me humilhar e pedir desculpas ao Ed Andrade. Imagine a vergonha de ter que escrever a ele dizendo que minha escola havia censurado seu filme? Porque aquilo era um tipo de censura! A gente tinha estudado tanto isso na aula de História...

Mercedez não quis se prolongar. O recado estava dado e o diretor já estava tendo calafrios de nervoso – poderia ter um piripaque a qualquer instante.

– Pode deixar que vamos avaliar o caso e voltamos com a resposta em definitivo – a coordenadora prometeu.

O diretor agradeceu minha presença e ordenou que eu voltasse para a classe. Ainda pude ouvir ele dizer para Mercedez:

– Não dá. Existem coisas que não são adequadas... não são!

•.•

Saí completamente desesperada daquela sala. As lágrimas corriam volumosamente pelo meu rosto; assim, como se fosse uma barragem rompida. Era uma dor que eu nunca tinha vivido. Estava me sentindo cerceada, violentada. Não tinha condições de voltar para a aula naquele estado. Subi correndo e fui parar no terceiro e último andar do prédio principal da escola, buscando o banheiro mais escondido que lá existia. Não queria que ninguém me flagrasse, por isso entrei na última cabine, onde me tranquei.

Sentada no vaso, tentei me controlar. Eu não conseguia compreender a decisão. Impedir os alunos de assistirem a um filme? Como assim? Era inacreditável. Inaceitável! As falas brutais de Carmelo, como o detentor da verdade, me fincavam na alma. "Tem coisas que não precisamos falar." Aquela frase se repetia incessantemente na minha mente, enquanto o rosto de cada colega meu que estava dentro da sala 1208, ouvindo sobre a reprodução das plantas, passava pela minha memória. Tantas coisas que eles precisavam dizer e não conseguiam. Tantas coisas que eu sabia, que todo mundo sabia, mas que nunca se abria uma brecha para qualquer discussão, qualquer debate. A gente iria permanecer naquela solidão absurda que vivemos na adolescência. É tanto mistério que não damos conta. E é impressionante como parece que os adultos não se lembram que já tiveram essa idade. Não pode ser.

Eu achava que precisávamos falar, sim. Muito. E sobre tudo. Já somos tudo. Mesmo com 15, 16, 17 anos. E já éramos antes. E vamos ser depois. Precisamos falar sobre o que somos. Ou não? Hormônios, medos, desejos, curiosidades, descobertas, riscos, amores, desamores, dúvidas. Não é fácil, diretor Carmelo! Não é só você que está cheio de problemas!

Eu tive um acesso de raiva e comecei a chutar a porta de madeira toda rabiscada. Não podia ser! Não podia ser! Eu não estava vivendo isso, não estava!

Estava.

Mas como sair dessa?

Não tinha o que esperar. Deixei a cabine, lavei as mãos e o rosto na pia com água gelada. Me encarei no espelho por quase um minuto.

– E aí, o que você faria se tivesse passando por essa? – encarei aquela garota que, como mamãe dizia, ninguém vencia de tão teimosa que era.

•.•

Nas semanas seguintes preferi não falar mais no assunto. E ninguém mais tocou no tema. A promessa de resposta da Mercedez não se cumpriu. Mas não pense que eu tinha esquecido da exibição. Minha ideia era achar a melhor estratégia para conseguir meu objetivo. Fazer tudo com calma, pouco a pouco. Até porque não estávamos nem em setembro, que era o mês que tinha me programado para escrever ao Ed e combinar o que fosse necessário.

O fato de o meu entusiasmo ter se apagado abruptamente fez com que meus amigos mais próximos – além do Bento e da Alícia, tinha também a Martina e a Jackie – viessem falar comigo. É que eu andava mais fechadona mesmo. Eu sei que remoer as coisas é ruim demais, mas ainda era muito difícil engolir tudo o que o diretor Carmelo tinha dito (ainda mais tendo que cruzar diariamente com ele pelos corredores).

Um dia Alícia chegou para mim no intervalo e perguntou:

– E este mês, Filipa, não vai rolar Cineclube?

Foi aí que eu me dei conta de uma coisa: eu tinha ficado tão focada na história da exibição do filme do Ed, na edição de outubro do evento, que havia esquecido completamente de organizar a sessão de agosto. Que vacilo o meu! Não tive como escapar e acabei contando em detalhes a ela o motivo da minha tristeza nos últimos dias e, consequentemente, do meu esquecimento.

– Mas eles não podem fazer isso! – protestou minha amiga.

– Eu concordo, mas o que posso fazer?

Alícia, sempre certeira e com uma clareza fora do comum, deu a dica:

– Eu acho que você deveria descobrir se os alunos estão interessados em assistir ao filme e levar isso para a diretoria. Seria o mais justo.

Ela estava coberta de razão. Quem deveria escolher ao que assistir ou não eram os alunos e não o diretor Carmelo. Ou, pelo menos, deveriam ouvir nossas demandas e aí, democraticamente, definiríamos juntos os caminhos.

Voltei para casa pensando em como levantar aquela informação para apresentar o quanto antes a Mercedez. Talvez valesse fazer um abaixo-assinado ou algo do tipo. Era uma boa ideia: criar um documento contendo as assinaturas dos alunos do Fundamental II e do Médio que desejassem assistir ao longa-metragem que eu estava propondo.

Sabia que teria que juntar forças para fazer aquilo. E contar com a sensibilidade (e coragem) de alguns professores, porque, de certa forma, estariam peitando a decisão da diretoria. No início do período no dia seguinte, pedi ao professor Gerson para falar rapidamente com a classe. Ele, que dava aula de Geografia, era um jovem bem gente boa e autorizou que eu fizesse meu pronunciamento.

– Colegas, bom dia! Como muitos já sabem estou tentando organizar uma sessão diferente para nosso Cineclube. A ideia é exibir o longa-metragem *A ponte*, que trata do dia a dia da nossa geração, e depois receber o diretor do filme para uma conversa. Eu queria ter ideia de quem tem interesse em participar da atividade, porque vou passar para o Carmelo. Então, quem quiser venha falar comigo para assinar uma lista de interesse. E além disso...

– Ô garota chata, já falando um monte a essa hora da manhã? – Pavio entrou na sala atrasado, com seu sorrisinho irônico, e fez tal comentário. Quando passou por mim, ainda esbarrou no meu ombro.

Eu fiquei mal. Não sabia por que ele tratava as pessoas daquela maneira. Por que me tratava daquele jeito. Bem eu... bem eu que... ah, sei lá. Que tentava me aproximar dele. Que até gostava dele, puxa! Tomada pela raiva, em um impulso, assim que ficou de costas para mim, coloquei toda minha força nas mãos e dei um empurrão nele. Ele não estava esperando aquilo. Seu corpo voou até o fim do corredor e desabou no meio das carteiras. A galera logo se movimentou, algumas pessoas foram ajudá-lo, outras vieram para meu lado. Eu fiquei imóvel com minha atitude. Não me reconheci.

– Ei, moleque, você é um trouxa! – gritou Quincas, me defendendo.

Pavio se levantou e voltou todo valente, me peitando. Ele tinha um corte perto da boca, que sangrava.

– Você é maluca, é?

Eu não sei o que ele seria capaz de fazer comigo. Achei que pudesse até me dar um soco na cara, mesmo eu sendo uma garota. Quincas pulou na frente dele para impedir que tomasse qualquer atitude mais grave. Theo puxou-o pelo braço. Já Krebs incentivava o revide. Alícia e Martina vieram me acolher. Enquanto isso, professor Gerson estava desesperado com a confusão, tentando botar ordem na sala.

Pavio estava possesso. Começou a gritar horrores, dizendo que eu ainda iria me ver com ele. Para meu azar, o diretor passava no corredor bem naquele momento e abriu a porta da sala 1208 para saber o motivo do tumulto.

– O que está havendo aqui? – perguntou.

– Essa idiota me empurrou do nada! – Pavio gritou, colocando o dedo na minha cara. – Tem que ter expulsão! Tem que ter!

– É verdade, menina ridícula – Krebs fazia coro ao amigo.

– É que ela está querendo convencer todo mundo de assistir àquele filme com as sacanagens todas! – o garoto disparou. – Ia fazer um abaixo-assinado e tudo, diretor. Fazer protesto e essas coisas todas.

Carmelo abaixou a cabeça e colocou a mão na testa, exausto.

– Mais uma vez esse assunto, Filipa?

•.•

“Querido Ed, boa noite! Te escrevo para pedir desculpas...”

Já estava começando a ensaiar minha resposta envergonhada para o cineasta. Ela ficou no rascunho do meu *e-mail* sendo trabalhada e retrabalhada por dias. Sentia que não tinha mais forças para batalhar pelo filme dentro da escola. Cheguei até a pensar em desistir do Cineclube como um todo, meio que entregar os pontos; mas, ao mesmo tempo, achei que não seria justo com meus doze fiéis colegas que compareciam religiosamente às sessões todos os meses.

Resolvi, então, agilizar a sessão de agosto, para fazer com que o assunto que andava dando dor de cabeça fosse esquecido um pouco. Escolhi um filme quase infantil, até patético. Uma comédia adolescente divertida. Talvez fosse um protesto pela represália que vivi, embora eu suspeitasse que ninguém iria entender como tal. Sabia que alguns alunos iriam chiar, mas minha justificativa era de que eu precisava abranger todos os gêneros para atrair os mais diversos tipos de espectador.

O diretor Carmelo não olhava para mim quando nos cruzávamos no corredor. Talvez eu tivesse ficado marcada como sinônimo de mais um problema em sua vida, entre tantos. Mal sabia ele que também havia se tornado um estorvo para mim.

Naqueles dias, em busca de um mínimo de paz, fui até a biblioteca durante um intervalo para verificar com Cassandra a disponibilidade de uma data no salão multimídia para marcar a sessão do mês. Ela me recebeu cheia de afeto, como sempre. Ou até com mais, porque sabia a barra que eu estava passando. Parecia ser a única pessoa a não me julgar naquela escola, além das minhas amigas, é claro.

– Anda mais calma, Filipa?

– Ah, Cassandra... tá difícil, mas estou tentando.

– Tá certo! Olha aqui, chegaram uns livros novos, vou separar para você. Vai ser bom para espairecer. É daquela coleção de mistério que você curte.

– Obrigada... mas, sinceramente, estou meio sem cabeça para leituras esta semana. Eu pego mais para a frente, pode ser? – falei. – Na verdade, vim ver um dia para o Cineclube deste mês. Podemos marcar?

A bibliotecária, que colocava os livros nas estantes, meio que parou o que estava fazendo, como se tivesse ouvido algo que a incomodasse muito. Sem graça, voltou-se para mim e falou:

– Acho que está tudo ocupado já... – e não disse mais nada.

Depois seguiu para o balcão, fugindo. Ela escondia algo. Fui atrás, claro.

– Mas como assim, lotado? – questionei. – A gente nem tem tanta atividade aqui na escola. E o Cineclube já faz parte do calendário mensal...

– Pois é, mas estou vendo aqui na agenda... – e ela mexia no computador. – Está tudo ocupado mesmo, querida.

Tentei esticar meu pescoço para checar a agenda na tela, bem xereta mesmo, mas ela foi rápida e desviou o monitor do meu olhar. Outra atitude muito suspeita. Fiquei meio decepcionada. Mas podia ser também que tivesse sido colocada numa situação constrangedora, em que não tinha autonomia ou autoridade para resolver. Por isso a vergonha.

Mas não desisti. Pelo resto da semana, meio que me fazendo de desentendida, como se não tivesse ouvido o não dela, fiquei insistindo para saber se havia aberto uma brecha no calendário. E sempre recebia a mesma resposta:

– Está tudo cheio, Filipa.

Comecei a desconfiar do que me parecia mais evidente: o projeto do Cineclube havia sido cancelado. Só podia ser!

Mesmo agoniada com aquela ideia, precisava manter a calma e não me precipitar. O mais importante era descobrir se o fato era verdade. Fiquei dias pensando em como conseguir ter acesso ao calendário ou a algo que me provasse a suspensão do Cineclube. Será que aquilo tinha acontecido pelo medo que o filme do Ed Andrade havia causado no diretor Carmelo? Ah, por favor!

Já desesperada com a situação, decidi por um caminho bem arriscado: buscar escondida alguma informação no computador da Cassandra. Era uma ideia maluca. Se desse errado, se alguém me flagrasse, eu poderia ser até expulsa da escola. E as coisas poderiam complicar para minha amiga bibliotecária também. Mas aquele silêncio de todos me deixava perturbada.

Foi por esse motivo que comecei a passar meus intervalos inteiros na biblioteca, com a justificativa de devorar os novos títulos que haviam chegado. Cassandra nem desconfiara das minhas verdadeiras intenções, pois estava encantada com a minha devoção àquela coleção.

– Filipa, leve os livros para casa! Não precisa ficar presa aqui no intervalo.

Aí eu dizia que adorava o ambiente, que precisava relaxar e tantas coisas que enchiam o coração dela. Mas minha atenção estava sempre voltada para todos os seus movimentos, para agir quando fosse necessário.

Até que, certa manhã, a oportunidade chegou.

Cassandra, sem desconfiar de nada, precisou ir ao banheiro. Ela geralmente trancava a biblioteca nesses casos; mas, como confiava em mim, me permitiu ficar lá dentro. Quando saiu, joguei o livro longe e corri para seu computador. De frente para a tela, sorri: o computador estava logado com a senha dela; ou seja, eu conseguiria acessar e navegar por tudo. De pé ali na frente do aparelho, comecei a vasculhar os arquivos. Ao mesmo tempo que fazia uma varredura em seu *e-mail* – pesquisava mensagens enviadas pela diretoria, desconfiando de um comunicado de suspensão –, ficava tentando encontrar uma desculpa caso ela me pegasse no pulo. Poderia me fingir de inocente e dizer que estava conferindo a disponibilidade de um título. Ainda assim levaria uma bronca, mas não era caso de chegar ao diretor Carmelo.

O fato é que o tempo corria contra mim. Com as mãos trêmulas, digitava palavras como "direção", "Cineclube" e "cancelamento". Tive acesso a algumas mensagens enviadas pelo endereço virtual da diretoria. Na lista que apareceu na tela, um assunto me chamou a atenção: ENCERRAMENTO DAS ATIVIDADES.

Cliquei achando que poderia ter a ver com o que eu procurava. Passei os olhos rapidamente no que estava escrito. Mas era uma informação direcionada aos funcionários. A todos.

Fiquei atordoada com o que li. Reli umas três vezes, desacreditada. Falava realmente de um encerramento das atividades.

Mas não era do Cineclube.

Não.

Era da escola.

Sim.

Era o que a mensagem dizia: a escola iria fechar.

•.•

Saí da frente do computador desorientada. Desci para o pátio nos minutos que restavam do intervalo e encarei a movimentação dos alunos por ali. Vi aquela gente toda, com planos de vida, com desejos, enfrentando seus desafios. Que tinham que estudar para cumprir algo ou para conquistar sonhos. Pensei em suas famílias, pais, mães, irmãos. Quando será que todos iriam receber aquela notícia trágica? Quem teria coragem de contar a eles o que estava prestes a acontecer? Como iriam lidar com o fim do nosso... do nosso universo, do nosso espaço, do nosso lugar?

Nem encarei meus pais quando perguntaram, na mesa de jantar naquela noite, como tinha sido o dia. Como falaria a eles que a escola estava em crise e preparava-se para encerrar seu ciclo até o fim daquele ano? Era aquele também o motivo da suspensão prévia de algumas atividades extracurriculares. Por isso Cassandra estava tão aturdida! Por isso a fuga das perguntas, o constrangimento. E, além de tudo, ela iria perder o emprego, coitada!

Seis meses, ou até menos. Era esse o nosso tempo de vida escolar no Vivência. Passavam dias e ninguém vinha avisar nada. As aulas acontecendo normalmente. E eu sabendo de tudo. O tempo corria e nada de quererem saber como encararíamos a situação. O que pensaríamos, o que sentiríamos? "Tem coisas que não precisamos falar", o diretor Carmelo repetia na minha cabeça. Melhor não tocar no assunto?

Eu estava ficando sufocada – nós, da sala 1208, iríamos ingressar logo no terceiro ano, o último ano antes da faculdade! Ensaiei por noites mandar uma mensagem para uma das minhas amigas para dividir aquele segredo. Pensei em Alícia, que era a mais sensata de todas. Cheguei a digitar todo o recado, mas apaguei. Ela, que tinha o sonho de cursar Aeronáutica, que tanto se matava de estudar para um dia entrar em uma boa universidade federal, não merecia receber uma bomba daquelas assim de surpresa. Então, tomei uma decisão: na manhã seguinte, procuraria Carmelo.

Cheguei na escola e fui direto para o corredor onde ficavam as salas da diretoria e da coordenação. Encontrei Mercedez no caminho, que notou minha tensão.

– Você está bem, Filipa? Está precisando de algo?

Talvez o que eu mais precisava era de sinceridade da parte deles.

– É verdade que a escola vai fechar?

A coordenadora arregalou os olhos ao ver que eu tinha conhecimento daquela informação sigilosa. Me puxou rapidamente para dentro da sala dela, como se quisesse me esconder, junto de tudo o que eu sabia. Eu não iria esmorecer: olhava firmemente para ela, cobrando uma posição. Pensei que podia estar sendo precipitada, talvez estivessem se organizando para informar a todos sobre o caso da melhor maneira possível. Talvez por isso o diretor Carmelo andasse tão aflito nos últimos tempos.

Nos sentamos uma de frente para a outra. Ela nem perguntou como fiquei sabendo daquilo. Começou logo a se explicar.

– O país está vivendo uma crise sem precedentes, Filipa. A economia está ruim, sem investimentos na educação. Os pais sem emprego começaram a atrasar as mensalidades. Estamos com muitos alunos inadimplentes – contou. – E esta instituição tem gerência familiar, sem qualquer investidor ou grande grupo por trás. Por isso conseguimos manter esse caráter mais próximo, mais humano...

Eu fiquei surpresa com aquele discurso, até por conta das decisões que tinham tomado com meu Cineclube. Mais humano?

– Sempre que podemos... – corrigiu-se e continuou. – Todos os meses as contas fecham no vermelho. Está impossível sustentar a estrutura que temos. O Carmelo recebeu uma proposta de compra deste terreno. Nós estamos superbem localizados, em um bairro nobre da cidade, perto de tudo. Ele está decidido a aceitar. A ideia é, no futuro, remontar a escola em outro lugar, com uma proposta menor. Por isso vamos fazer essa transição pouco a pouco.

Eu ia apenas concordando com a cabeça, mordendo os lábios e segurando as lágrimas. Ela também estava extremamente comovida ao falar sobre a questão. Em certo momento, esticou um braço, me pedindo a mão. Coloquei a minha sobre a dela, que me confortou. Senti-me autorizada a falar.

– Eu só acho que vocês podiam ser mais honestos com a gente. Podiam nos ouvir mais.

Mercedez concordava comigo em silêncio.

– Eu acho que, por tudo isso, vocês deveriam proporcionar a esses alunos, como questão de responsabilidade com eles, a exibição do filme *A ponte*. É uma obra que pode fazer com que muitos cresçam e enfrentem melhor essa jornada que vem pela frente.

Ela, então, concordou com a cabeça.

– Eu vou conversar com o Carmelo. Você tem razão. Pode deixar.

•.•

"Querido Ed. Desculpe a demora na resposta. Estava aguardando um posicionamento da minha escola sobre a exibição do filme. Como havia te adiantado, eles não aceitaram fazer a sessão e o bate-papo. Eu fiquei muito triste com isso. Mas o fato gerou uma repercussão positiva. A turma gosta de tudo o que dizem que é proibido. Teve um garoto que conseguiu uma cópia pirata do filme e está circulando por todas as classes. Não sei se isso é correto fazer, talvez seja crime até, mas todo mundo está celebrando a obra. Muitos me deram razão na luta com a diretoria. Dessa maneira, como o filme está sendo bastante assistido e tenho visto que meus amigos têm se identificado, gostaria de fazer uma proposta um pouco mais ousada: não toparia realizar o bate-papo em outro lugar? Pode ser até no salão de festas aqui do meu prédio. Muito zoado? Não sei, mas a gente queria muito falar umas coisas, conversar, debater. Topa?"

Encarei uns dois ou três dias aquele *e-mail* que escrevi para Ed Andrade explicando a situação. Fiquei pensando se valia abrir o jogo para ele. Não sei se ele ficaria chateado com a posição da escola no caso. Mas achei que não tinha nada a perder. Respirei fundo e cliquei em "Enviar". Desejei que tudo desse certo.

Naquela noite estava fazendo muito calor. Fui abrir a janela para tomar um ar – um ato um tanto simbólico para depois de tudo o que passei. Precisava respirar.

Ao me aproximar do vidro, me vi refletida.

Me encarei, um tanto feliz.

"Aguardo sua resposta. Um beijo, Filipa."

LUNA EM

EU & ELLE (E ELLE)

2

Ah, desculpe. Eu estou meio sem coragem de falar. Ai, que vergonha!

Tá, tá bom! Para você tudo bem. Eu acho. Eu vou dizer tudo, vou. Vai ser bom para mim. Talvez. Mas, olha, não conta para ninguém que eu te fiz esta pergunta. Pelo-amor-de-deus! As pessoas podem pensar... ah, eu sei lá...

Mas me fala o que você acha. Com sinceridade. Será que é possível gostar de duas pessoas ao mesmo tempo?

Não, não me olha desse jeito, não. Eu nem sei se é isso mesmo. Na verdade, eu estou fazendo de tudo para não pensar nessa possibilidade. A questão é que isso vem me atormentando sem parar há algumas semanas.

Tudo começou com aquela sensação estranha... com o Dan. É, juro! Bem o Dan. Para você ver como está difícil a minha situação! Sinto algo que não é igual ao que sinto com meus outros amigos meninos. E tudo bem, né? Isso se não fosse o Theo...

Mas o mais maluco é que o que eu acho que sinto pelo Dan não é exatamente a mesma coisa que eu sinto pelo Theo. Não sei se é o fato de nós dois estarmos juntos há um tempo, sabe? Não tem frescor, não tem novidade, o coração nem bate mais forte. Parece que me acostumei com ele.

Será que isso é um sinal? Você sabe dessas coisas?

Vê se não tá vindo ninguém no corredor, por favor. Fica de olho, hein? Eu estou virada para você porque não quero que ninguém ouça essa minha maluquice. Porque só pode ser maluquice! Como assim eu, Luna, estou cogitando a ideia de... ai, eu nem consigo falar isso. As palavras travam na minha boca. É tanto medo. Que difícil!

Mas para você eu posso falar. Posso, né?

Eu, Luna, cogitando a ideia de não ficar mais com o Theo.

É, acabar o namoro, dar um ponto final.

Sim, eu tenho pensado nisso.

Ah, não faz essa cara! Era exatamente isso o que mais temia. Porque se você teve essa surpresa, se você ficou tão espantada assim, imagine o resto da escola. Era esse meu medo. Juro, juro, juro que era. Sabe por quê? Porque ouvir de todo mundo, por todos os cantos, que nós formamos o casal mais perfeito de todos virou um peso. No começo até era bacana, a gente se sentia a maior sensação, as pessoas tinham o maior carinho pela gente, nos admiravam. Mas depois de um tempo ficamos presos nesse rótulo. E rótulo é uma droga, mesmo que seja algo mais ou menos bacana, tipo esse de "casal mais perfeito".

A sensação é que a gente nem tem o direito de mudar os sentimentos depois que o tempo passa. Parece que devemos ser sempre os mesmos. Mas quem é assim? O pessoal todo registrou a gente naquele momento e decidiu que ele nunca iria passar. É a maior pressão, um saco!

Deixa eu te mostrar um negócio.

Tá vendo isto?

É, esta foto que está como fundo de tela do meu celular. Eu e o Theo na semana do nosso primeiro beijo. Eu estava completamente apaixonada por ele. Estava mesmo, não vou negar. Os olhos brilhando, esse sorriso bobo no rosto e aquela vontade doida de beijá-lo sem parar, de ficar grudada sentindo o cheiro dele. Eu não conseguia passar um segundo longe desse menino.

Eu não me reconheço mais.

Nem sei mais quem é essa pessoa.

Só conheço uma garota que, depois de quase cinco anos desta foto, está angustiada e com medo. Medo do que os outros vão pensar. Você acha isso certo? Eu nunca fui dessas! Nunca!

É, essa confusão deve ser porque a nossa história foi acompanhada por todos os alunos aqui do Vivência como um *reality show*. Tá, foi engraçado, não posso negar.

Lembra do dia que o Theo apareceu aqui na escola? É, foi no sétimo ano.

A primeira vez que o vi, ele estava jogando bola com os meninos lá no ginásio. Eu tinha ouvido as garotas falarem de um aluno novo do 7º B que tinha os cabelos encaracoladinhos, os olhos castanhos, que era alto e moreno. E pior que isso: já começavam a comentar que o sujeito combinava muito comigo. Eu nem estava pensando em ficar com alguém na época, estava de boa. Mas, mesmo assim, fiquei curiosíssima para conhecer o tal.

Quando entrei na quadra de braços dados com a Vivi (lembra da Vivi, que era minha amiga? Ela saiu no nono ano. Foi para o Liceu. Tá lá até hoje. De vez em quando a gente se fala...), ela me indicou o Theo com a cabeça. Eu quase desfaleci ali mesmo. Perdi o ar, minhas pernas bambearam. Passei mal de verdade. Afinal, ele realmente era o menino mais lindo da face da Terra. Nunca imaginei tamanha perfeição em um só corpo, em um só rosto. E ele estava sem camiseta, imagina!

Sentamos naquela arquibancadinha da quadra e assistimos ao jogo inteiro, como se fôssemos fanáticas por futebol. Ele sabia que não apenas nós, mas também outro grupinho do sétimo ano da época, estávamos batendo ponto lá apenas para contemplá-lo. Ele era a grande novidade do ano! Virou a sensação da escola, só se falava nele. E o mais maluco era que os meninos nem ficaram com ciúmes, de tanto que ele era gente boa.

É, às vezes eu penso que tirei a sorte grande, de tão incrível que ele é. Agora estou com esses pensamentos. Será que estarei sendo ingrata com a vida se eu inventar de dar um fim nessa história mágica que tive o privilégio de vivenciar?

Ai.

Tá, não vou pensar nisso. Onde eu estava mesmo?

Ah, sim. Que ele se tornou a sensação da escola. Então, aí todo mundo começou a dizer que a gente tinha tudo a ver. E, então, veio aquele boato de que ele estava a fim de mim. Foi o Ximenes quem me falou. O Ximenes é o maior fofoqueiro, né? Naquela época a gente era até que meio próximo. Ele sentava ao meu lado na classe e um dia veio com esse papo. Lembro direitinho, era antes de uma provinha de Física que a professora ia dar (aquelas que ela resolvia aplicar semanalmente para juntar pontos para a nota final). Fui supermal, e ela até veio me perguntar o que tinha acontecido. Poxa, mas eu não ia falar que meu desempenho tinha sido afetado por conta da ideia angustiante de ficar com o menino mais gato da escola.

Eu?

Não acho que sou a menina mais gata da escola. Se todo mundo acha, eu não sei. Eu não me sinto.

E também tinha outro motivo para eu ficar meio preocupada: eu era BV. Nunca tinha beijado. Nunca! Ju-ro! Poxa, eu tinha o quê? Treze anos?

Sim, posso dizer que ele foi meu primeiro amor. Foi mesmo.

E o fato de ser bonita me deixava mais insegura. É verdade! Porque aí ficou aquela história do menino mais bonito ficar com a menina mais bonita como um desejo geral, em que todo mundo dava pitaco e tal. Só sei que, por conta desse rolo todo, foi inevitável que nos aproximássemos. Naquele ano mesmo a gente começou a conversar no intervalo, trocamos números de telefone, mas ainda não tínhamos intimidade. Isso só foi começar a acontecer no outro ano, quando caímos na mesma sala – que foi quando as classes passaram a diminuir até chegar à situação que estamos hoje, com uma sala para cada ano.

Não brinca assim! Tá todo mundo mal com esse lance do boato do fechamento da escola. Será que é verdade mesmo? Eu até devia estar preocupada, mas estou sem cabeça até para isso. Aliás, nem tem espaço dentro de mim para outra coisa que não seja o Theo e o Dan. Dia e noite esses dois meninos tomam meu tempo, meu pensamento, minha vida.

Você não lembra quando a gente ficou a primeira vez? Foi o maior bafafá na escola. Foi na festa junina. A gente se beijou atrás da barraca que vendia churrasquinho. Àquela altura, já estava rolando o maior clima, a gente conversava quase todo dia, e ele até tinha dedicado um gol para mim no jogo da Educação Física. Ele chutou a bola, o goleiro não pegou, aí saltou no meio do campo, abriu os braços, correu pelo gramado e me apontou na arquibancada. Eu fiquei morrendo de vergonha, meu rosto ficou vermelho, com a galera toda aplaudindo. Foi uma catarse coletiva. Depois, lógico, vieram me zoar. Eu passei dias e dias pensando naquela cena e me dando conta de que a história de ele estar a fim de mim poderia ser mesmo verdadeira. E acabei perguntando para ele. Fiquei um tempão pensando em como ia fazer, e acabou acontecendo no dia da festa.

Mas eu não planejei isso, não. Foi por acaso. Imaginava uma cena mais tranquila, mais privada. Mas quando aquele menino chegou vestido todo de caipira, com aquela camisa xadrez, chapéu de palha, bigodinho *fake* e os dentes pintados de preto, quase morri. Ele logo sacou pelo meu olhar. Theo sempre soube entender o que eu sentia. Então, não deu outra: colou em mim. Fomos em todas as barraquinhas, ele ganhou uma prenda no tiro ao alvo e me deu, e até interceptou alguns recados enviados para mim no correio elegante. Eu estava com aquele negócio de perguntar para ele se ia rolar ou não, mas numa dessas acabei dizendo: "Você não quer que ninguém me mande recado, mas também não me manda nada!". Olha que louca! E ele estava comendo um espetinho de carne (não foi nada romântico), deu um sorriso, se aproximou de mim e deu seu recado. Foi um beijão que eu nem sabia o que fazer na hora. Mas tinha recebido a minha resposta.

Voltei para casa nas nuvens. E assim fiquei por muito tempo. A cada encontro ia descobrindo o quanto ele era maravilhoso. Ele me agradava tanto, me compreendia, me dava liberdade, era engraçado, curtia as minhas amigas. A gente se completava. Não deu outra: semanas depois estávamos de mãos dadas por todos os cantos. Eu lembro que o Quincas uma vez disse para mim: "Ninguém passa por Luna e Theo e continua o mesmo. Passa a desejar alguém para amar!". Eu morri de rir, ele é um tonto, mas depois fui pensar: era totalmente verdade. Eu sentia que as pessoas ou admiravam nosso relacionamento, nos colocando em um pedestal e nos tomando como referência, ou tinham inveja completa. Mas eu nem ligava. Meu foco era mesmo cuidar da minha vida. Eu ficava imaginando como seria nosso futuro, se um dia a gente iria casar, como seria nossa casinha, nossos filhos e netos, se ficaríamos velhinhos juntos.

E agora isso.

Como é que vou dizer a ele que eu não quero mais? Como? Me ajuda, por favor!

Por que, por que, meu Deus, que tudo tinha mudado?

Quando tudo mudou? Ah, não sei...

Sei sim.

Foi na última viagem.

Ai... ele está vindo no corredor? Ah, eu não quero ver ele. Me esconde, por favor!

Oi, Dan. Tudo bem?

É, ele é lindo. Ele passa e eu fico morrendo de vontade de abraçá-lo. Juro, o que é o abraço dele? Eu nunca senti algo parecido...

É, foi mesmo na viagem que tudo mudou. A gente foi para Riviera uns dias agora nas férias de julho. A Cléo tem um apartamento lá, todo mundo sabe. Chamou a gente como sempre. Fui eu, o Theo, o Dan e a Virgínia. A Virgínia é uma amiga dela, que não é da escola. As duas são grudadas. Ela é gente boa, mas acho que tem um pouco de ciúme de mim. O motorista da família nos levou e tudo. Ficamos lá três dias sozinhos antes de os pais dela chegarem no fim de semana. É tudo protegido, condomínio fechado, com segurança, sabe? Aí rola de boa.

É, a Cléo talvez seja a minha amiga mais próxima. Não sei por que eu não dividi tudo isso aqui com ela. Estranho, né? Mas ela anda diferente desde que voltamos. Está mais fechada, quieta. Ando até preocupada, sabe? Mas ela diz que está tudo bem. Eu preferi não incomodá-la com minhas questões. E outra, você sabe que a Cléo já ficou com o Dan... e o Theo ainda tentou insistir nesse relacionamento deles e tal. Mas eles não tiveram química, não deu liga.

Ah, obrigada por ter topado me ouvir, viu? Que paciência! Eu estava mesmo precisando desabafar. Com alguém de confiança...

Então, o que eu estava dizendo antes? Ah, da viagem. Sim, fomos ao apartamento da Cléo. Mega-apartamento! Você não tem noção. Sempre que entro lá fico em choque. Em cho-que! É bizarro o tamanho daquele lugar. Na sala dá para fazer uma baladinha, juro! Foi supergostoso, deu para se divertir. Aí teve um dia que o tempo fechou e não rolou de ir para a praia. Ficamos o dia inteiro enfurnados dentro do apê. Já estava de tardezinha, a gente conversando no terraço – pensa num terraço que é do tamanho da sala 1208, e de frente para o mar! – e o Dan resolveu colocar uma música. Um forró. Aí ele, todo bonitinho, começou a fingir que estava dançando com uma parceira invisível, dando passos e pulinhos pelos cantos. Eu morri de rir, estava superengraçado.

Ele é um cara legal. Sempre achei. Ficou muito amigo do Theo por causa do futebol. Os meninos são assim, a bola une a todos. Mas não foi só por isso. Os dois tinham outras afinidades. O mais doido é que era um parceiro próximo, vivia com a gente. Ele tinha se tornado um amigo também. É, eu considerava ele um amigo – e só isso, nunca pensei outra coisa...

Aí ele ficou dançando lá e o pessoal começou a se animar. O pessoal não, as meninas. Primeiro a Cléo se levantou para ir na cozinha, ele a puxou pela mão e começou a rodopiá-la. Ela é toda desengonçada, quase levou um tombo. Ficou envergonhada e não demorou muito para fugir. Também tinha o negócio que eles já tinham ficado. Era melhor não dar brecha, sabe? O Theo estava só olhando, eu até perguntei se ele se animava em dançar, e ele disse que estava de boa deitado no sofá. Ele também não é bom de gingado e iria ser humilhado pelo exímio dançarino que o Dan estava se mostrando. Aí ele disse: "Vai lá, dança com o Dan!", mas naquela hora quem estava nos braços dele era a Virgínia. Ela mandava bem no forró. Nunca vi! Eles giravam pela sala toda como profissionais. Teve uma hora que ele até jogou ela para o alto, tipo essas competições que têm na televisão. Ficaram grudadinhos por um tempo, dava para ver na cara dela que estava gostando. Achei até que podia rolar alguma coisa entre eles depois. Foi o Theo que chamou o Dan e puxou minha mão, me entregando para o amigo. Ele deixou Virgínia de lado – que ficou brava! – e veio na minha direção. Nos aproximamos, nossos corpos colaram. Ele encostou o rosto no meu e eu o ouvi dizer: “Se solta, Luna!”. Então, enlaçou os braços na minha cintura e me apertou contra ele.

Foi quando alguma coisa aconteceu.

Eu não sei bem o que foi, mas aconteceu. E foi grave.

Eu senti um calafrio instantâneo, pensei que iria passar mal. Eu estava completamente mexida. Fiquei nervosa. O cheiro dele me fazia bem, isso me fez deixar que me levasse. Ele me conduzia quase sem sentidos. Eu o abracei. E não era por causa da dança. Tive vontade de grudar em seu corpo, mas minha cabeça estava a mil. E o meu namorado estava nos olhando. Não sei se o Dan estava percebendo a ebulição que ocorria em mim. Fiquei pensando se era coisa de hormônio, sabe? Eu me achei louca, porque a cada passo tinha vontade de beijar a boca dele ali mesmo. Você não sabe o que é isso! É desesperador! Meu namorado lá, entende? E eles eram melhores amigos.

Eu precisava me desvencilhar de qualquer maneira, me afastar, pedir para sair, mas os pés dele não paravam, ele sorria sem parar – eu não via seu rosto, mas sentia seu sorriso pelo seu movimento, saca?

Foi horrível.

Mas foi ótimo.

Meu desejo era passar o resto dos meus dias dançando com o Dan.

Fiquei com medo de que ele percebesse algo de diferente em mim.

Quando a música acabou, seguindo o revezamento que acontecia, ele entregou minha mão de volta para o Theo e voltou a dançar com a Virgínia, que, por pouco, não tinha me tirado à força de seus braços.

Theo, então, me abraçou por trás como sempre fazia, beijou meu ombro e eu senti um pouco de asco. É horrível dizer isso, mas foi verdade. Ele se aproximou do meu ouvido e disse que eu tinha dançado muito bem. Mal sabia ele que eu já era outra.

A minha sorte foi que, nas semanas seguintes, acabei viajando com minha família. Minha mãe sempre tira uns dias no trabalho, e fomos todos para o interior. Como foi bom! Eu não ia dar conta de ficar o tempo todo com o Theo com meu coração desse jeito. Precisava me entender. A gente se falava por telefone, trocava mensagem, mas conseguia me distanciar quando precisava. Foram noites e noites olhando para o céu daquela cidadezinha pensando no que faria quando as aulas recomeçassem.

Decidi que precisava ser sincera com ele – e principalmente comigo.

Agora estou nessa enrascada. Você acha que devo conversar com ele? É melhor ser rápida, né? Dizer logo que alguma coisa não está legal e talvez até...

Acho que não rola mais.

Não vou conseguir passar mais tempo convivendo naturalmente com ele e com o Dan na sala 1208. Mentindo para os dois, fingindo que está tudo bem. Não é justo comigo.

Bom, olha aí o sinal. Deu a nossa hora.

Ai, eu não tenho como te agradecer, viu? Por ter me escutado a essa hora da manhã! Só peço que você não conte nada para ninguém, pode ser? Nesta semana já vou falar com ele, sem falta!

De repente a gente se encontra aqui no corredor de novo qualquer hora.

E te conto tudo o que aconteceu.

Vem, senta aqui!

Ai, desculpa. Mas você pode me ouvir mais um pouco? É, falei com ele.

Eu não sei se fiz a coisa certa.

Também, ô semaninha! Nada fácil, hein? Parece que essa história de que a escola vai fechar é mesmo verdadeira. A maior bomba! Eu tinha certeza de que era mentira, não pode ser! Mas a Filipa acabou contando as coisas que ela viu para a Alícia. E o Ícaro ouviu, contou para o Ximenes e, de repente, o Ryan do terceiro ano espalhou para a classe dele, que ficou em pânico porque vão se formar agora. Foi por isso que o Carmelo teve que se posicionar e confirmar tudo.

Para você ter uma ideia, minha vida está mais confusa que tudo isso.

Eu estava voltando para casa com o Theo, na quinta-feira. É o dia que ele vai comigo, me acompanha até perto de onde moro, porque depois treina na academia da rua de baixo. Eu estava supercalada, pensando se era a hora de conversar, já que estávamos sozinhos. Poderia ser uma ótima oportunidade, até porque ele tinha sacado que algo estava diferente.

– Luna, o que tá rolando? – ele perguntou. – Desde que a gente voltou das férias você tá distante de mim. Eu te fiz algo?

Como eu ia dizer para o menino, coitado, que estava louca pelo melhor amigo dele? Ele não tinha culpa de nada! Nem sei se alguém tinha... tive que usar a confusão da escola como desculpa.

– Esse negócio de a escola fechar, Theo. Me dá uma preocupação...

– Nem me fale – ele respondeu. – O pior de tudo é pensar que talvez tenhamos que estudar em escolas diferentes ano que vem. Bem no último ano. Queria que a gente se formasse junto.

Nossa, eu nem tinha pensado naquilo. Confesso que a primeira coisa que senti quando ele falou foi alívio. Seria ótimo! Mas ele complementou e eu quase enfartei:

– Eu não sei se conseguiria viver longe de você.

Então, me puxou pelo braço – eu estava tentando me esquivar o quanto podia – e me deu um beijo. Eu beijei ele de um jeito diferente, todo contido. Ele, claro, percebeu. Eu vi nos olhos dele. Mas não disse nada.

Será que ele tinha sacado que eu estava confusa? Será que ele tinha percebido o jeito que eu estava tratando o Dan, também com certa distância? Será que ele tinha relacionado esses fatos e chegado a alguma conclusão?

Eu não sabia. Mas, de repente, ele colocou o amigo na conversa. Não sei se de propósito. Não sei se para me atacar. Depois de caminharmos mais alguns metros, começou a contar, empolgado, sobre uma fofoca que estava sabendo.

– O Dan meteu na cabeça que vai ficar com a Martina até o final do ano! – disse, rindo. – Olha que doido!

Nossa Senhora! Tremi da cabeça aos pés. Fiquei mal, mas tive que manter a compostura. Minha vontade era de chorar sem parar, sabe? Nem eu esperava aquela reação. Mas segui firme e forte, ouvindo-o.

– Sabe por que isso? Porque a escola vai fechar. Disse que se colocou este desafio pessoal: conquistar aquele "mistério" – e ele ria sem parar. – Ó, Luna, mas não vai contar isso para ninguém, hein?

Lógico que prometi guardar segredo. Só que minha vontade mesmo era contar para a Martina sobre o plano de Dan, só para azedar tudo. Tá, coisa feia de fazer ou pensar. Mas foi minha vontade...

Logo chegamos à porta do meu prédio, e o Theo se despediu com um beijo. Eu retribui da mesma forma que o anterior, e ele me disse seriamente:

– Estou achando que precisamos conversar sobre a gente.

Fiquei mal o dia inteiro. Mas mal mesmo! Pensando que se eu não agisse logo, iria perder o Dan. Foi quando comecei, de fato, a cogitar a hipótese de estar apaixonada por ele. Mas como isso? De onde tudo aquilo tinha surgido, hein? E por que bem o Dan? Era muita pergunta para pouca resposta. Tentava de todas as maneiras apagar da minha imaginação a cena dele passeando de mãos dadas com a Martina pelo pátio, e eu sem conseguir me conter. Bem a Martina, ela não tinha nada a ver com ele. O Dan merecia coisa melhor.

Acho.

Tipo eu.

Eu vou te contar uma coisa, mas não me ache maluca: se eu pudesse, ficaria com os dois. Sim, com um pouquinho de cada. Com o jeito prestativo do Theo e o jeito livre e moleque do Dan. Com o visual maravilhoso do Theo e com o carinho do Dan. Bem que eu podia merecer isso.

Mas eu não queria que o Theo sofresse. Nem o Dan. Muito menos eu.

Eu não tinha mais saída e decidi conversar com meu namorado.

Foi no domingo agora. Mandei uma mensagem e perguntei se ele não estava a fim de tomar um açaí comigo no *shopping*. Ele topou e, todo apaixonado, disse que ficou feliz pelo convite e já emendou dizendo que me amava muito e tudo mais. Aí meu coração já apertou. Pra que fazer isso?

Meu pai me levou até o *shopping*. Ele gosta muito do Theo, acha ele um bom garoto. Os dois se cumprimentaram no estacionamento, já que ele estava lá me esperando. Ver os dois me fez pensar que até aquela relação eu estava prestes a destruir. Mas e eu? E eu? Será que meu sentimento não valia nada? Meu pai se despediu e ficamos lá alguns minutos em silêncio. Eu estava meio constrangida. Theo sabia que estava acontecendo alguma coisa de errado, mas preferiu me respeitar, não perguntou nada, nem insistiu que eu falasse. Passou sua mão em meu rosto e, em vez de me beijar na boca como sempre fazia, acabou dando um beijo na testa. Foi algo estranho.

Seguimos de mãos dadas sem trocar uma palavra até o bar do açaí. Como ele já sabia do que eu gostava, me deixou em uma mesa e foi até o caixa fazer o pedido. Eu fiquei olhando ele de longe, aquele menino atencioso e simpático com todos.

Lindo, é verdade. Ele era mesmo demais.

Mas eu não conseguia, não dava para manter aquela relação. Era o que eu sentia, e precisava tomar coragem.

Minutos depois, voltou com os potes de açaí. O meu puro, o dele com banana e mel como sempre. Colocou-os na mesa e sentou-se na minha frente. Pensei que fosse o momento.

– Theo... – comecei.

Mas ele sorriu. Eu não esperava mesmo que fizesse aquilo naquela hora. Foi perturbador. Eu estava imóvel, pensando em como dizer tudo o que precisava. Queria ser rápida, acabar de uma vez por todas com tudo aquilo. Mas você não acredita.

Ele veio e me beijou.

Eu lembrei do beijo atrás da barraca de churrasco no dia da festa junina. E eu lembrei do Dan. Mas depois me lembrei da primeira vez que saímos sozinhos. E aí veio na minha cabeça o dia da dança no apartamento da Cléo. E depois quando Theo e eu comemoramos o aniversário de namoro em um jantar no restaurante mexicano. E na possibilidade de Dan ficar com a Martina. E de Theo me contando aquilo. Como ele era bom, ingênuo, legal comigo, com meus amigos, com minha família. Lembrei de todas as nossas maiores e melhores intimidades. Das nossas brincadeiras de casal. Do jeito que ele me chamava: "Minha Lu". Lembrei de como a gente era mesmo perfeito junto, como todos afirmavam.

Quando ele descolou seus lábios dos meus, disse:

– Eu sei que você quer conversar, mas antes eu preciso...

Ele tirou uma caixinha do bolso e me deu. Eu a peguei e abri. Lá dentro, uma correntinha. No pingente, as nossas letras: L e T.

Eu e ele.

Eu só consegui abaixar minha cabeça. Fiquei quieta pensando em tudo.

– Eu amo você, Luna – ele falou.

Aí, lentamente, fui me aproximando dele e me acolhendo em seus braços. Eu estava confusa, com medo. Deitei em seu peito e ele me abraçou.

Ficamos ali por mais uma hora até partirmos.

Não consegui dizer nada.

Eu tinha decidido que seria assim, sabe? Mas não tenho como negar: eu ainda pensava em tudo o que eu só havia sentido nos braços de Dan.

Que talvez eu reencontrasse um dia.

A gente nunca sabe.

BENTO EM

MEU FUTURO EU TRAÇO

3

A mãozinha da Haydée passeando pelo vidro me deixou agoniado. Parecia mesmo que ela queria saltar do ônibus, sei lá. Fugir para outro lugar. Manteve-se em silêncio o caminho inteiro, ao contrário de todos os dias. A cada nova rua que o ônibus entrava, eu torcia para que ela despertasse qualquer entusiasmo e me pedisse para sacar meu caderno de desenhos para repetirmos nossa habitual brincadeira. Nossa curtição para ocupar o tempo que levávamos da escola para casa era a seguinte: Haydée pedia emprestada uma folha e uma caneta para traçar um rabisco na superfície pautada. A partir do que saísse, eu teria que colocar minha habilidade de desenhista em prática e fazer um desenho. Ela, obviamente, cada vez mais tentava complicar o desafio; mas eu, espertamente, sempre conseguia mostrar um belo trabalho, surpreendendo-a. Era delicioso ver os olhinhos da irmã caçula brilharem diante da sagacidade do irmão mais velho. Teve uma vez que consegui criar um camelo a partir de um emaranhado de riscos. E tantas outras figuras surgiram em nossos trajetos: um helicóptero, um casal mergulhando no oceano, um ventilador quebrado, uma estante de livros com um gato em cima, um motoqueiro saltando de uma ponte. Eu me divertia também, e era um belo exercício de criatividade. Teve uma vez que propus que trocássemos as funções: eu faria o rabisco para ela desenvolver a ilustração. Ela fez que não com a cabeça, justificando: "Ninguém desenha melhor no mundo do que você, Bento!". Não era verdade. Existiam Ziraldo, Will Eisner, Henfil, Hergé para comprovar isso. Apenas uma listinha de ídolos que eram minhas referências e arrebentavam nos quadrinhos, charges, cartuns, *graphic novels* etc. Mas no mundinho dela, do alto de seus 8 anos (ela nem imaginava que havia alguém por trás dos gibis que lia), o maioral era eu. Isso me dava certo orgulho, confesso. E uma pontinha de esperança: quem sabe, um dia, eu seria como eles.

Mas, naquele dia, Haydée manteve-se desenxabida até o ponto em que deveríamos descer. Eu evitei forçar qualquer coisa. Nem uma conversinha. A notícia de que a escola iria fechar e a ideia de ela não ver mais os amigos com os quais convivia desde o primeiro ano não era de fácil assimilação para alguém da sua idade. Eu também tinha ficado abalado com a fala do diretor Carmelo naquela manhã. Os boatos já rolavam por todos os cantos, mas aquele papo já tinha sido ventilado irresponsavelmente outras tantas vezes por alunos que desejavam isso, pelo simples fato de não terem a menor aptidão para os estudos. Por isso a minha descrença. Mas no dia que ouvi a Filipa comentando com a Alícia o assunto, comecei a pensar diferente. Elas falavam baixinho em tom de confidência; mas, como não sou de ficar fuxicando, não me meti na conversa, mesmo que fosse amigo delas. Preferi não ir atrás de detalhes.

Mas o fato foi confirmado. O diretor convocou os alunos no pátio para dar a notícia. Uma bomba caiu entre nós. Teve gente que não conteve o choro, teve gente que agarrou o melhor amigo e não soltou mais, namorados se enlaçaram, e até os que outrora riam e celebravam tal possibilidade ficaram inertes diante da dura realidade. Não era fácil pensar que nossa escola iria fechar assim, de uma hora para outra. Afinal, era ali onde construíamos nossa vida, nossas relações, nosso futuro.

Aliás, era o que mais me preocupava naquela tarde quando voltávamos da escola: o futuro.

•.•

Era essa a palavra que estava na minha cabeça no exato momento em que Haydée e eu saltamos da condução. Do ponto até a nossa casa, onde vivíamos com papai e mamãe, teríamos de andar alguns quarteirões. Eu, sempre no papel de responsável por ela, tinha que ficar de olho para atravessar a rua e aquelas coisas todas.

Futuro. Responsável. Em que momento palavras como essas ganham peso em nossa vida? Eu sabia que a dor daquela menina que andava comportada ao meu lado não tinha a ver com aquilo. Ela ainda não sofrera com esse tipo de coisa – mas talvez fosse por pouco tempo. Já eu, a cada passo que dava, suava frio. Na minha mochila trazia o comunicado enviado pela escola para os pais, convocando uma reunião extraordinária sobre o assunto da semana. Do mês. Do ano.

Eu nem tive coragem de ler o que estava escrito. Isso me dava certa apreensão. Como eu faria? Daria o papel para papai e sairia correndo? Contaria para ele o que estava acontecendo? Enfrentaria os olhos claros dele, que, certamente, passariam da euforia para a decepção, antes de expressarem sua fúria?

Não seria justo com Haydée.

Não seria justo comigo.

Futuro. Responsável. Futuro. Responsável.

As duas palavrinhas que recorrentemente saíam da boca de meu pai quando o assunto era a escola.

– Bento, seja responsável na escola. O que está em jogo é o seu futuro.

Eu era um garoto tranquilo, que sempre tinha notas boas, nunca tive qualquer problema com professores ou com a direção. Diferente do Ximenes, que estava sempre conversando em sala, do Quincas, que era um avoado (ou tinha déficit de atenção...), ou do Pavio, que nem preciso entrar em detalhes. Mas também não chegava a ser uma Alícia, sempre se desafiando a ser a melhor de todas. Eu não era de dar dor de cabeça para meus pais. Ainda assim, eles me cobravam sem parar.

– O futuro, Bento.

O pior de dar a notícia sobre o fechamento da escola era o fato de que o Colégio Vivência era a maior aposta da vida deles em seus filhos. Mamãe sempre vivia repetindo para as primas sobre o martírio que foi para conseguir uma bolsa com desconto para cada um de nós no que ela chamava de “uma das melhores e mais chiques escolas desta cidade”. Era um *status* que tínhamos alcançado ao deixar a escola pública, onde estudamos por anos, e ingressar numa instituição particular. E eles ainda faziam dívidas para pagá-la. Até por isso, por conta do sacrifício, papai desvelava aos amigos suas projeções sobre mim, como se tivesse comprado o direito de traçar meu destino: uma boa faculdade, um bom emprego que me desse estabilidade, depois um casamento, filhos e viver “em paz” até me aposentar. Isso era sinônimo de sucesso para ele.

Tudo bem, eu entendia um tanto da fixação deles no assunto. Tinham vindo de uma família humilde, batalhado muito para conseguir uma casinha para morar, uma família que vivia relativamente bem. Dessa maneira, a ideia era que a (minha) roda girasse na mesma direção.

Só que, olhando lá adiante, eles sempre se esqueciam de um negócio primordial: que a vida acontece hoje e é a partir disso que devemos definir nossos rumos. Esqueciam do imponderável.

Como o caso da notícia que eu trazia nas costas.

Já estávamos no portão de casa. Haydée, que sempre o abria com entusiasmo, morrendo de fome, nem encostou no ferro gelado. Me encarou pedindo que, daquela vez, eu tomasse a frente, quase implorando por proteção.

Eu fui.

Afinal, aquilo cabia a mim.

Só não sabia quem tinha decidido isso.

•.•

Antes de entrar, abri a porta e coloquei minha cabeça para dentro, a fim de averiguar o que estávamos prestes a encontrar. Já previa que mamãe estaria deitada no sofá, vestindo um vestido simplório, com os pés descalços apoiados em cima do braço do móvel, com um de seus antebraços cobrindo o rosto, arfando sem parar. Era todo dia assim.

Haydée entrou silenciosamente, tentando logo escapar para seu quarto. Eu segui, com o objetivo de, em pouco tempo, dar um jeito de sumir de casa, ainda que precisasse comer na rua.

– Ainda bem que vocês chegaram para me dar uma ajuda... – resmungou mamãe, notando nossa presença.

Obediente, minha irmã foi até ela. Eu preferi me manter distante, só observando a cena que, diariamente, cortava minha alma. Eu estava realmente cansado daquilo. Não, eu não sou um insensível. Eu sempre ajudo como posso, sempre me coloco à disposição dela. Mas aquela energia que trazia para todos, sempre no maior baixo astral, me fazia muito mal. Talvez Haydée também sentisse, mas não tinha dimensão do que de fato acontecia.

Mamãe era uma pessoa que chamamos de hipocondríaca, ou seja, tinha mania de doença. Virava e mexia uma coisa nova acometia uma parte de seu corpo. Ou era uma dor nas costas muito forte. Ou eram os braços que estavam fracos. Podiam ser as pernas que andavam bambas. Um estranho fisgar no peito virava a suspeita de enfarto. Nos últimos dias, uma insistente dor de cabeça se tornara o centro de atenção da casa. Às vezes eu achava que ela queria mesmo ficar mal, ter algo grave. Tipo para chamar a atenção. Era meu sentimento. Não sei se devia pensar numa coisa dessas, mas somos humanos e isso passa por nossa cabeça.

Haydée sentou-se no tapete ao lado do sofá. Talvez para evitar o fatídico assunto do dia, buscou uma novidade que pudesse alegrar mamãe naquele estado.

– Hoje recebi a nota da prova de História. Tirei 9,4 – falou, sorrindo. – Só errei uma questão sobre os deuses egípcios.

Minha mãe olhou para ela. Torci para que ela desse, ao menos, um parabéns, mas não. Como de praxe, voltou o assunto para si, ignorando o que ouvira.

– Traz um copo de água para a mamãe, meu amor? Acho que está na hora do remédio.

Os olhos grandes e brilhantes de Haydée tornaram-se apáticos mais uma vez. Ela cumpriu o pedido, enquanto mamãe despejava informações desnecessárias sobre uma clínica onde tinha ido há alguns meses e iria fazer novos exames.

– Eles atendem tão bem, minha filha! – falou antes de engolir o comprimido. – Ô gente atenciosa, ô lugar limpinho!

Depois devolveu o copo vazio e voltou a seu repouso. De olhos fechados, concluiu:

– Se tudo der certo, vão descobrir o que tenho.

Naquela situação, eu não sabia se para ela o "dar certo" era ter alguma coisa ou não. Meus dedos começavam a batucar, inquietos, diante de cenas como aquela. Eu me angustiava e me sentia impotente, sem saber o que fazer. Não sei se valia questionar, enfrentar, perguntar se ela pensava em nós, como a gente ficava vendo ela daquela maneira, se valia proteger minha irmã, tirá-la dali. Eu não sabia mesmo.

Por isso que eu precisava, diariamente, reinventar tudo.

Era o meu jeito de buscar a paz.

•.•

Espalhei os lápis coloridos pela prancheta que eu havia comprado quando tinha 9 anos, depois de juntar dinheiro que ganhei de aniversário das minhas tias, da minha avó no Natal e de uma rifa de um *video game* que fiz com o intuito de complementar a quantia para realizar aquele sonho. A prancheta era meu paraíso. Era ali que a vida acontecia para mim. Desenhar era a minha salvação.

Descobri a habilidade de inventar personagens, fazer histórias, criar belas paisagens e detalhar mundos nos papéis quando ainda era muito novo. Lembro-me de ter uns 3 ou 4 anos e estar deitado no chão do quintal com um monte de folha desenhada ao meu redor. Minha mãe dizia que "não vencia" comprar tanto papel para eu desenhar, e sempre repetia que "qualquer hora aquela mania passava". A questão é que não passou. Mas em casa, ao contrário do que já acontecera na escola, ninguém via aquilo como um talento a ser desenvolvido.

Logo que entrei no Vivência, a Mercedez chamou mamãe para uma conversa. Queria saber quem é que havia feito o trabalho de História sobre a Independência do Brasil para mim. Minha mãe, é claro, ficou furiosa quando ouviu aquilo. Depois, contou ao papai na hora do jantar:

– Eu estava pronta para dar um cascudo nesse menino quando o encontrasse! Imagine pedir que alguém fizesse o trabalho para ele? Imagine se perde a bolsa por conta desse atrevimento?

Lembro direitinho da cena. Ele me olhou fuzilando. Não era olhar de decepção, não. Era de raiva. Antes, porém, que desse o esculacho que já preparava (dava para ver as maquininhas trabalhando dentro de sua cabeça), mamãe terminou a história aos risos:

– Diante do meu assombro e dos meus pedidos de desculpas, a coordenadora falou que o menino tinha feito uma história em quadradinho – sim, era assim que ela se referia às HQs. Depois, ao explicar, confundiu todos os personagens históricos – com Pedro Álvares Cabral e tudo mais. Disse que era incrível. Eu caí na risada, né? Falei que era coisa dele, sim. Que ele tinha essa mania de desenhar sem parar.

Sim, era coisa minha mesmo. E só.

Uma mania de desenhar. E só.

Nunca nenhum tipo de reconhecimento por esse meu potencial. Nunca.

Por isso, mergulhava nas folhas para sobreviver.

Uma vez, eu devia ter uns 8 anos, inventei uma história em que eu havia sido roubado de uma genial família de artistas que viajavam o mundo me procurando. No final, conseguiam me resgatar, faziam a maior festa e me levavam para um lugar bem distante dali.

Da minha casa de verdade. Da minha família.

Tudo fantasia da minha cabeça. Mas o desejo era real.

Por isso, eu não queria mais perder tempo com o jeito que todos naquela casa levavam a vida. Sempre que podia, naqueles dias, focava todos os meus esforços em conseguir produzir as cinco melhores ilustrações da minha vida.

Era minha missão naquele momento.

Porque, escondida debaixo de uma pilha de papéis, havia uma revista de artes que eu havia comprado há uns dois meses. Ali, exatamente na página dobrada, estava o anúncio que poderia mudar para sempre o meu destino: um concurso promovido por uma importante marca de produtos de desenhos que iria premiar um jovem ilustrador com uma bolsa de estudos integral em uma escola de artes de Nova York. Ah, e com moradia paga, o que facilitava muito, pois não seria o caso de meu pai bancar qualquer coisa.

Para participar, bastava produzir cinco obras seguindo os temas da atualidade: vida digital, sustentabilidade, diversidade, empatia e globalização.

Passei a viver debruçado na prancheta, trancado no quarto dia e noite.

Porque era o futuro que eu desejava.

Um futuro que eu criara para mim.

Era preciso tentar, era preciso fazê-lo. Talvez a notícia do fechamento da escola nem precisasse se tornar um grande problema na minha vida.

Foi por isso que decidi esperar para falar com meus pais sobre o assunto. Talvez ainda não fosse a hora. Quando chegasse ao limite, podia ser que já tivesse ganhado o concurso e levaria para papai e mamãe a melhor das novidades também.

•.•

– Eu já sabia!

Mamãe desabou no sofá quando abriu o exame. Estava lá na sala, tinha nos recrutado: papai, Haydée e eu. Quase como um evento.

– Mas isso não devia ser feito na presença de um médico? – perguntei, temendo qualquer leitura equivocada do diagnóstico por parte dela.

– Eu não sou de esperar, Bento. Precisamos ser práticos. Estou mesmo doente – ela disse, jogando o papel timbrado da clínica em cima da mesinha.

Senti que aquilo era mais uma decisão do que uma constatação. Papai ficou em silêncio e caminhou pela sala. Tentava manter a firmeza de chefe da casa, mas sabia que estava abalado. Talvez estivesse pensando nos custos que aquele problema poderia gerar: tínhamos um plano de saúde dos mais simples. Além disso, teria as despesas de remédios e de alguém para ajudar na casa diante da impossibilidade de mamãe cuidar da comida, limpeza etc.

Haydée correu para os braços dela, que pouco lhe deu bola. Eu fiquei imóvel. Peguei o exame da mesa e passei o olho, tentando decifrar alguma coisa. Nada me fez sentido.

– Vamos enfrentar mais esta, não é? Somos unidos, somos uma família! – contemporizou papai secamente. Parecia um discurso pronto.

Mamãe respirou profundamente e disse:

– Vamos ter fé!

•.•

Fé eu tinha. E muita.

Por isso que, diante da situação que passamos a viver nas semanas seguintes, me fechei em meus desenhos e no meu objetivo de vencer o concurso. Era a minha grande chance.

Eu já havia rascunhado vários esboços. Para falar sobre vida digital, rabisquei duas crianças ainda bebês mexendo em celulares. Sobre meio ambiente, pensei em elaborar uma detalhada árvore com pessoas representando os melhores sentimentos que podíamos ter. Restava encontrar uma boa ideia para os outros temas.

Foram noites e dias trabalhando.

Não à toa, acabei invadindo o período das aulas com meu desejo. Quando terminava um exercício na sala, rasgava uma folha do caderno para ter ideias. E no horário da entrada, da saída e no intervalo, ninguém mais me via circulando pela cantina ou jogando bola no ginásio. Encontrei o meu cantinho no pátio e lá montava um miniestúdio portátil, onde conseguia ir desenvolvendo com mais apuro minhas ilustrações.

Não demorou para meus colegas perceberem meu empenho. Evidentemente, eles sabiam do meu gosto pelo traço, mas nunca tinham me visto com tamanha obsessão. Tanto que teve gente que logo sacou algum avanço na minha técnica e tudo mais. Teve um dia que até o professor Brandão, sempre rígido com os alunos, parou diante da minha mesa. Achei que levaria a maior bronca da vida por estar desenhando na aula, mas ele ficou impressionado com a ilustração que encontrara. Até a pegou na mão e disse:

– Mas você é um artista!

Percebia que a galera, de modo geral, também achava o mesmo. Mas foi uma surpresa quando, um dia, Ximenes me interceptou no caminho do ponto de ônibus.

– Bentão, você aceita encomendas? – ele perguntou.

– Como assim?

– Seus desenhos, cara! Devia investir nisso! – empolgou-se. – Eu queria que você desenhasse um negócio para eu enquadrar.

Fiquei lisonjeado com o convite, mas como iria falar a ele que não conseguiria por conta da minha dedicação ao concurso?

– Me diz quanto é – ele quis saber.

– Quanto é o quê? – repeti, sem entender.

– Quanto você cobra, meu! É seu trabalho, cara!

– É... – disse meio atônito, sem saber como precificar o que fazia tão naturalmente. – Vou pensar e te falo.

– Tá bom! Mas já vou dizer o que eu quero para você avaliar o trabalho que vai ter. É o seguinte: quero um John Lennon bem realista! O cara é fera, é o melhor!

– John Lennon? É, claro...

•.•

No ônibus fui pesquisando no celular alguma boa imagem do famoso Beatle. Fiquei realmente feliz e empolgado com o convite, ainda mais com a perspectiva de ganhar um dinheirinho. Quanto será que eu cobraria? Precisava também fazer uma pesquisa sobre isso.

– Vamos brincar, Bento?

Haydée tentou ficar mais tranquila nos últimos dias, apesar de tudo. Criança sabe das coisas, né? Como ninguém mais tinha tocado no assunto, a história do encerramento das atividades da escola havia caído no esquecimento dela. E talvez já estivesse sabendo lidar com a tal doença da mamãe.

Então, lancei meu caderno em seu colo. Ela abriu, fez um primeiro rabisco e me entregou. Analisei o que poderia sair dali. Ela brincava que iria me dar um tempo e começou a contar até sessenta – "Você tem um minuto!", falou, tentando me pressionar, às gargalhadas. Como era bom vê-la daquele jeito.

Chegamos eufóricos em casa. Minha alma estava leve, ideal para mergulhar em meus trabalhos assim que fizesse a tarefa de casa. Haydée entrou correndo pela sala e se surpreendeu.

– Papai?

Também estranhei a presença dele em casa naquela hora. Por um instante passou-me pela cabeça que algo havia acontecido com minha mãe. Mas ele sorriu serenamente para minha irmã, que o abraçou de maneira afetuosa. Eu segui na sua direção, para beijá-lo no rosto. Quando abaixei para cumprimentá-lo – ele estava sentado em uma poltrona –, fui devidamente recrutado.

– Preciso conversar com você.

Assenti com a cabeça, sabendo que após o almoço teria que comparecer diante dele. Quando terminamos de comer, Haydée foi se entreter com suas bonecas no quintal. Mamãe estava descansando no quarto. E eu fui para meu compromisso.

– Oi, pai. Pode falar... aconteceu alguma coisa? – dei início ao papo.

Ele me olhou lacônico.

– Estou achando que você anda bem distante, Bento.

Olhei para ele sem saber o que responder. Talvez ele nem quisesse que eu falasse algo.

– Nossa família está passando por um momento difícil. E você, como o filho homem, deveria se preocupar mais, se colocar mais à disposição.

– Eu estou estudando muito, pai – falei, o que não era uma mentira.

– Faz bem, Bento. Porque eu me mato o dia inteiro de trabalhar para que você vá bem na escola. Mas na sua idade eu já conseguia dar conta de mais coisas...

– Eu vou tentar, pai.

– Tentar?

– Sim...

– Eu acho que você deveria conseguir. Estamos todos sofrendo, precisamos nos apoiar.

Eu queria dizer uma coisa, mas jamais poderia pensar naquilo. É que eu não estava sofrendo. Por algum motivo, não. Pensava de modo diferente deles. Achava que tudo iria se resolver, que precisávamos enfrentar a situação e não nos afundar no drama.

– Eu vou mudar – prometi a contragosto.

– É o que eu espero, Bento. Porque aí ninguém fica sobrecarregado, não é?

– O senhor tem razão.

– Muito bem. Era isso que eu precisava saber.

•.•

Cinco dias. Apenas cinco dias para o prazo acabar.

Estava escrito no anúncio da revista dobrada em cima da prancheta: VENHA GANHAR O MUNDO COM SEUS DESENHOS.

Era o que eu queria. Por isso, desenhava sem parar.

Não podia pensar em nada além daquela grande oportunidade.

Podia sim: as encomendas.

Porque depois que entreguei o pedido de Ximenes e ele postou o resultado em seu Instagram, foi Quincas quem me solicitou mais um trabalho. Queria um desenho dele vestido como Homem--Aranha. "Tipo gibi gringo, cara!", enfatizou.

Eu topei.

Topei porque era daquilo que eu gostava.

Eu sabia que aquele era meu caminho.

E outra, agora era meu trabalho. Eu estava ganhando um dinheiro com meu talento.

Meu talento. Só meu, de mais ninguém.

Todos os dias eu chegava em casa e me trancava no quarto.

Eu estava feliz. Estava vivo.

Só saía de vez em quando para buscar comida na despensa ou bebida na geladeira. Aí cruzava com minha família na sala. Minha irmã brincando sozinha, diante da indiferença de mamãe, que suplicava sem parar por ajuda. Papai ocupava a poltrona com os olhos fixos nas terríveis notícias do jornal na TV, como se carregasse o mundo nas costas. Como se fizesse parte daquela tragédia cotidiana toda. Como se nunca tivessem lhe dado a oportunidade de ser quem ele queria ter sido.

Uma boa faculdade. Um bom emprego que gera estabilidade. Casar. Ter filhos. Aposentar, quem sabe, um dia.

Quem eu quero ser?

Como foi que papai escolheu se tornar vendedor de sapatos em uma pequena loja do centro da cidade?

Eu desenhava sem parar na minha prancheta.

Aquele era seu talento?

Ideias e mais ideias.

Será que ele teve medo de assumir seu talento verdadeiro?

Arroubos de criatividade definiam meu destino.

Cantor? Médico? Agrônomo? Dançarino?

As pessoas me olhando e dizendo: “Você pode, Bento!”.

Será que papai nunca tivera isso?

•.•

Numa noite, um estrondo.

A porta bateu furiosamente.

Um grito. Um grito de homem.

Saí do quarto cheio de medo. No corredor, encontrei os olhos apavorados de Haydée. Ela correu para meus braços. Caminhamos nos protegendo até a sala.

Papai, vestido com a camisa do serviço, urrava e dava socos na parede.

– Não pode ser! Não pode ser!

Acolhi minha irmã, ainda mais assustada.

Papai nos viu e veio em nossa direção.

– Chegou uma correspondência daquela maldita escola! – vociferou. – Vocês já estavam sabendo de alguma coisa?

– O que aconteceu, meu bem? – perguntou mamãe, que logo se virou para mim. – O que você fez, *hein*, moleque?

Antes que eu pudesse responder algo, ele explodiu:

– Eles disseram que estão em crise e convocaram uma reunião! Certeza de que vão nos tirar as bolsas!

Supus que ele ainda não soubesse que o caso era ainda mais grave.

– Crise! – ele desdenhou. – Em crise todo mundo está! Eu, por exemplo, estou em crise desde que nasci. E todo dia acordo e faço a minha parte. Ah, agora mais essa para eu aguentar!

– E tem meus amigos... eu não vou ver mais eles quando a escola fechar! – deixou escapar Haydée, toda inocente, sem muito entender o que estava acontecendo. Tentei tapar sua boca a tempo.

– Fechar? – assombrou-se minha mãe.

– Fechar? – bradou papai.

Ele chutou a poltrona com ódio. Mamãe desabou sem ar no sofá.

– Eu sabia que não dava para confiar naquela escola. Sempre tive um pé atrás – ela falou, mudando repentinamente a percepção que tinha do colégio.

– Foi-se o tempo que as pessoas pensavam umas nas outras! – declarou meu pai, saindo da sala. – Foi-se o tempo!

•.•

Uma bola amarela surgiu no papel branco. Haydée estava no meu quarto, sob meus cuidados até segunda ordem. Deixei que ela desenhasse também. Me emocionei com a singela figura. As crianças tinham daquelas: a qualquer indício de tormenta, buscavam um novo sol para assegurar dias felizes. Eu não sabia como seriam as coisas dali para a frente. Mas uma coisa era certeza: tudo estava ruindo no momento em que eu me sentia mais inteiro.

Ali, na cama ao nosso lado, minhas ilustrações praticamente acabadas. Eram as que enviaria para o concurso na manhã seguinte. O envelope já estava preparado, a confiança extremamente afiada.

Eu não tinha medo, é verdade. Nada me preocupava. Assim como no desenho da minha irmã, eu via um bom futuro pela frente. Se era essa a preocupação deles, podiam mudar o foco.

Talvez aquela experiência fosse boa para meu pai aprender algo.

Para aprender a viver o hoje, o agora, por exemplo.

Tive, então, uma ideia.

Seria também uma oportunidade de conversar com ele de homem para homem. Assim, de verdade.

Esperei Haydée adormecer. Sabia que mamãe já tinha ido repousar. Só estávamos nós dois acordados em casa. Abri a porta do quarto para verificar como estavam as coisas lá fora. A televisão estava ligada. Caminhei até me posicionar na frente da tela, impedindo-o de ver o jogo de futebol. Ele me encarou, querendo saber o motivo da minha presença.

Eu só queria avisá-lo que estava tudo bem.

Que tudo ia dar certo.

Nas minhas mãos, os desenhos. Desenhos esses que entreguei a ele.

Ele hesitou em pegá-los. Eu insisti.

– O que é isso? – perguntou-me, tomando um gole de uma cerveja que logo foi pousada numa mesinha ao lado da poltrona.

– Olhe. Fui eu quem fiz.

Ele pegou as ilustrações sem qualquer interesse.

– Eu vou mandar para um concurso, pai. Posso ganhar uma bolsa de estudos no exterior.

Quando terminei a frase, ele me encarou surpreso.

Meu coração comemorou.

Mas por pouco tempo.

Uma risadinha se formou em seus lábios. Seus dentes se mostraram, junto com a descrença e um tanto de deboche.

– Ora, Bento. Não ache que a vida é assim tão fácil...

•.•

Já era de madrugada quando fui resgatar os meus desenhos na sala. Depois da resposta de papai, voltei derrotado para o quarto. Perdi todas as minhas esperanças. Na escuridão, peguei uma a uma as ilustrações e as levei para minha prancheta. A luminária iluminou o trabalho, todo manchado e borrado por qualquer descuido dele. Talvez tenha apoiado sua cerveja em um ou pisado em outro que escorregara para o chão.

Impossível de enviá-los daquela maneira para o concurso.

Mas busquei novas folhas.

E me coloquei a refazer tudo enquanto era tempo.

JACKIE EM

OS IMPERFEITOS

– Eu não acredito, mãe! Assim você vai destruir tudo! Tudo!

Aí eu me levantei da mesa, joguei o guardanapo longe e, com cara de choro, saí correndo para meu quarto. Um pouco de drama poderia me ajudar.

– Não seja tão exagerada, Jaqueline! – ela disse vindo atrás de mim.

Apertei o passo para não ser alcançada. Quase escorreguei no laminado com minhas meias coloridas, mas logo bati a porta, deixando-a do lado de fora do quarto. Ah, desculpa, viu? Sem condições de estabelecer qualquer tipo de diálogo com minha mãe depois do que tinha feito. Ainda mais sem a minha autorização!

– Calma, filha! – e ela batia na porta. – É só um garoto que não consegue se enturmar. Ajude ele, Jaqueline! Eu acho que não tem problema algum...

Não tinha problema algum? Minha mãe acha que sou instituição de caridade? Só pode ter pirado de vez! Merecia porta na cara mesmo.

Eu tentava respirar com calma, fechei os olhos buscando na lembrança alguma técnica de meditação que a Alícia um dia me ensinou dizendo que eu ainda iria precisar. Aquela era a hora. Mas tinha que dar certo andando, porque nunca que eu ia conseguir ficar de boa, tranquila, sentada com as costas retas, naquela posição *zen*.

– Calma, Jackie, calma! Você vai resolver essa situação! – eu repetia como um mantra.

Um menino que precisa se enturmar? Oh, coitadinho! Que definição mais fofa para o garoto mais estranho e nojento que eu já tinha conhecido na face da Terra: o Nuno. Aquele que não consegue olhar pra ninguém nos olhos. Aquele que anda de cabeça baixa e cabelo na cara. Aquele que não bate papo, que fica lá no canto da sala 1208 todo esgrouvinhado, mexendo no celular ou escrevendo no caderno. Cara mais sem vida. Um nada a ver. Tinha todos os motivos para não conseguir se enturmar, né? Talvez nem quisesse – porque se eu fosse do jeito dele pediria isenção da vida. Certeza de que teria esse bom senso.

Já tinha passado o maior tempo e a minha mãe ainda estava cornetando alguma coisa fora do quarto, mas àquela altura eu já não ouvia mais nada. Peguei meu fone, coloquei minha *playlist* favorita e me joguei na cama para dar uma conferida na rede social. Para minha sorte, ao deslizar o dedo na tela, dei de cara com um *post* novo do meu perfil preferido de todos os tempos: *Os imperfeitos*. Era o perfil mais sensacional da vida inteira. Como alguém podia ter uma sensibilidade tão imensa e ser tão gênio como aquela pessoa misteriosa que alimentava o *feed*? Ê talento para escrever coisas magníficas – colocava em palavras tudo o que eu sentia. Nunca vi!

"Nem sempre todo mundo nos entende. A vida nos obriga a fazer coisas que a gente não quer. Ainda mais quando somos jovens e todos questionam nossas escolhas, nosso jeito, nosso modo de encarar tudo e todos. O que nos resta, muitas vezes, é fechar os olhos e encarar tudo, certos de que vamos virar o jogo."

Post perfeito para aquele dia. Algo para curtir mil vezes. Se pudesse, faria. Compartilhei rapidamente e muitas pessoas comentaram. Sempre que podia, indicava o perfil para minhas amigas seguirem.

Gente, como era bom! Saber que eu não era a única pessoa cheia de dúvidas, angústias e medos. Todos éramos imperfeitos. Todos.

"Nem sempre todo mundo nos entende. A vida nos obriga a fazer coisas que a gente não quer." Ah, era aquilo mesmo! Bem na hora do almoço, minha mãe veio comentar, assim como quem não quer nada, que conversou com a mãe do Nuno no dia anterior e contou que, na semana seguinte, eu comemoraria 15 anos com uma festinha em casa.

– Eu falei para o Nuno vir – contou, antes de levar o garfo à boca.

Eu, claro, quase engasguei. Tomei um gole do suco e puxei o guardanapo para tampar a boca. Com os alimentos dançando lá dentro, comecei a responder àquele absurdo.

– Como assim, dona Denise? Como assim? – me exaltei. – Eu vou fazer uma festa do pijama aqui em casa. Só com minhas amigas! É algo bem íntimo, entendeu? Faz três meses que estou organizando tudo e agora, a uma semana da comemoração, você me faz isso?

Ela logo percebeu o nível do meu nervosismo. Senti certa tontura, precisei me apoiar na mesa quando me levantei. Tá, eu forcei um pouco, mas não obtive um pingo de compaixão da parte dela. Ela me conhecia bem.

– Eu acho supernormal ter um garoto em um encontro como esse. Hoje está tudo tão moderno, Jaqueline, não tem mais isso de menino para cá, menina para lá... – argumentou.

– Se pelo menos fosse o Dan ou o Ícaro... – pensei alto.

– Jackie, e tem outra! – emendou seriamente. – Eu estava conversando com a Laís, que é a mãe do Nuno, e ela me contou que ele vai acabar indo para a mesma escola que você. Ele ficou muito abalado com a história do fechamento do Vivência. A Laís, coitada, disse que ele demorou um tempão para se adaptar ao colégio e agora acontece isso. Então, pediu delicadamente se você não podia se aproximar, dar uma força...

– Mãe, era muito simples: bastava dizer que não!

– Jaqueline! – ela, sempre que se irritava, me chamava pelo nome inteiro. – Você é muito insensível! O menino estuda na sua classe, mora aqui no prédio, e eu nunca vi você conversando com ele.

– Conversar o quê? Ele é um moribundo!

– Ele é tímido! Não tem essa habilidade de fazer amigos que você tem, de falar com todo mundo, agitar as coisas. O que custa?

– Não é não!

Era minha resposta definitiva. Foi quando eu saí correndo para meu quarto, disposta a esquecer daquilo. Ela deixou eu me acalmar e consegui mesmo esfriar a minha cabeça. Tinha certeza (ou esperança) de que mamãe fosse inteligente o suficiente para compreender seu erro, repensar sua atitude e me pedir desculpas. Eu diria que tudo bem, desde que aquilo não se repetisse.

Acabei ocupando a tarde com a tarefa do professor Gerson (malditos mapas!), depois troquei umas mensagens com a Alícia e com a Martina no *Whats* (que vieram me contar um bafão, que a Luna não estava mais a fim de ficar com o Theo! Podia dar ele para mim...), e ainda consegui assistir a dois episódios da minha série de amor-horror favorita. Quando estava quase anoitecendo, mamãe voltou a me procurar. Eu estava aberta a ouvi-la.

Ela entrou no meu quarto com uma cara de "já está mais calma?" e seguiu até minha cama.

– Jackie, eu fiquei pensando...

Sorri querendo dizer para ela ficar tranquila. Parecia que tinha refletido mesmo.

– Acho que é melhor você mesma convidar o Nuno. Vai ser importante esse contato direto entre vocês em vez de eu fazer a ponte com a Laís.

Arregalei os olhos, incrédula. Antes que eu abrisse a boca para qualquer protesto, ela se levantou e, autoritária, selou meu destino:

– Ou você faz isso ou a comemoração vai ser cancelada. Está decidido.

•.•

– Jackie, você está preocupada com algo? – Martina me questionou enquanto procurava um filme para assistirmos na televisão.

– Tá toda caladona. Nem parece a menina animada com a festa do pijama de semanas atrás – completou Alícia, que logo saltou do sofá rumo à cozinha. – Vou preparar uma pipoca!

– Curte sua festa, amiga! – Filipa tentou me animar, colocando as mãos nos meus ombros e me chacoalhando.

E era possível ficar tranquila? Pensa bem: minhas três melhores amigas dormiriam em casa em uma espécie de noite do pijama para celebrar meus 15 anos. A tradicional celebração de debutante tinha ficado cafona e o negócio agora era realizar reuniões mais íntimas em nossas casas, com quem a gente mais gostava. E eu estava tão ansiosa, cheia de planos para a gente fofocar muito, falar besteiras, fazer brigadeirão, assistir a filmes e séries até altas horas.

– Não tenho nada não! – respondi a elas. – Só quero que vocês se sintam bem aqui.

– Para com isso, Jackie! A gente é de casa! Olha eu com o pé no sofá já! – falou Martina. – Ei, acho que a gente pode assistir *O estranho caso da menina do Vale Perdido*. O que acham?

– Não é filme de dar medo? – quis saber Alícia, trazendo a pipoca em alguns potes para ser dividida igualmente e ninguém reclamar.

É, elas estavam bem, curtindo tudo.

Mas a possibilidade de Nuno chegar a qualquer momento me deixava completamente descompensada. Porque não teve jeito: eu tive que chamar o moleque.

Olha, vou falar sério: definitivamente, foi a pior coisa que aconteceu na minha vida inteira. Uma humilhação, um mico. Ficar na entrada do prédio esperando aquele tosco chegar. Até porque impus uma condição para minha mãe: eu não faria, de jeito nenhum, o convite em ambiente escolar. Pelo-amor-de-deus alguém me ver conversando com aquele sujeitinho!

Quando apareceu carregando sua mochila naquele começo de tarde, não o interceptei de cara. Levantei-me do banco onde estava à espreita e fui seguindo-o. Não podia dar brecha alguma, tipo sair correndo atrás dele, porque poderia achar que eu estava louca querendo convidá-lo. Ele ficou esperando o elevador chegar e, assim que entrou, corri para subir junto. Rezei para estarmos sozinhos lá dentro.

Nuno se assustou com meu rompante. Se encolheu no canto, envergonhado. Parecia que nem nos conhecíamos. Além de tudo, era um mal-educado!

– Boa tarde! – falei.

Ele me olhou de lado, estranhando a interação. Em pouco tempo chegaríamos ao seu andar, por isso fui direta:

– Seguinte: vou comemorar meus 15 anos em casa. Você tá convidado. Minha mãe já falou com a sua e tal. Depois ela passa a data e a hora, beleza?

Minha estratégia foi fazer o convite de modo um tanto telegráfico, sem dar muitos detalhes, para ser impossível de ele aparecer.

– Obrigado... – falou, surpreso, antes de sair do elevador.

Não tinha dito nem que ia nem que não ia. Por isso, minha agonia. Imagine se, de repente, ele aparecesse de pijama na porta de casa? Que visão do inferno seria...

– Jackie, senta aqui com a gente que o filme já vai começar! – Filipa me chamou.

Voltei à realidade e encarei as três amontoadas no imenso sofá que tínhamos, todas de pijama debaixo do edredom colorido.

– Relaxa, Jackie! – eu tentava me concentrar.

Já tinha passado quase uma hora e meia do horário marcado para o "início" do encontro. Àquela altura, impossível de o Nuno aparecer. Por isso, respirei fundo, abri um sorriso e pulei no meio delas.

As meninas deram um grito, eu quis tumultuar mesmo. Pipocas voaram. Martina gargalhava sem parar e quase ficou sem ar, enquanto Alícia, sempre com sua seriedade, pedia silêncio para prestar atenção no começo do filme.

Aí a campainha tocou.

– Ué, vem mais alguém? – estranhou Martina.

– Mas o interfone nem tocou – percebeu Alícia.

– Vai lá atender, Jackie! – ordenou Filipa.

– Vocês viram esse cara que acabou de aparecer? Será que é o mesmo que estava atrás da mulher na cena anterior? – eu me fiz de desentendida, ignorando completamente o chamado na porta.

Comecei a comentar o filme de maneira compulsiva com o objetivo de voltar a atenção das meninas para a televisão e esquecerem do resto. Imaginei que, se eu demorasse um tanto para abrir a porta, o sujeitinho iria embora.

Mas a campainha soou mais uma vez.

Minhas amigas me encararam, esperando uma atitude. Não sabia se estavam mais curiosas ou apreensivas. Sem nada explicar, ainda me fazendo de perdida, fui até a porta. Não tive coragem de contar a elas que eu havia convidado o Nuno – o Nuno! – para aquela festa. E elas ali, de pijama, num contexto megaparticular.

Como se não soubesse o que estava acontecendo, conferi o olho mágico. Era ele mesmo.

Sozinho, carregava um embrulho nas mãos. Tentei verificar o traje com o qual estava vestido. Pelo menos não parecia um pijama. Ufa! Iria ser ridículo demais. Talvez minha mãe, perdida como só, não tenha informado tal detalhe para a mãe dele.

Percebi que estava inquieto. Tremelicava da cabeça aos pés, seu tique nos olhos estava mais forte, e batia os pés no chão repetidamente. As meninas, do lado de dentro, também estavam ficando aflitas, querendo entender alguma coisa. Naqueles milésimos de segundos, fiquei tentando achar uma saída, talvez uma desculpa, uma história para inventar. Podia falar que era alguém que tinha apertado a campainha do apartamento errado. Isso já tinha acontecido comigo, então podia ter credibilidade a mentira. Aí contaria que uma vez eu estava superdistraída e saí do elevador no andar errado. Fui na direção que seria o meu apartamento e abri a porta. Para meu azar, estava destrancada. Quando dei por mim, estava dentro de uma casa que não era a minha, diante de uma mulher enrolada numa toalha. Quase tive um treco do coração.

– Você não vai abrir a porta, Jackie? – eu ouvi.

Quando dei conta, percebi que a pergunta vinha da boca da minha mãe, que, claro, escutou a campainha tocar mais de uma vez e, certamente, tinha vindo recepcionar o garoto “que precisava se enturmar”. Ela me tirou da frente – “Ainda vamos conversar, Jaqueline!”, disse em voz baixa – e abriu a porta.

– Que bom que você veio, Nuno! – falou alegremente.

•.•

Martina, Filipa e Alícia me olharam perplexas.

Nuno avançou pela sala um tanto deslocado. Não sabia o que dizer, nem como agir. Dei alguns passos para trás, numa tentativa de fuga. Minha mãe tentava ser simpática, para deixar o convidado o mais confortável possível.

– Bom, aqui ninguém precisa se apresentar, não é? Todos já se conhecem!

O garoto veio na minha direção, envergonhado. Durante o trajeto que fez, pude ouvir as meninas cochicharem atrás de mim.

– A Jackie podia ter avisado, né? – resmungou Filipa.

– Eu estou de camisola! Podia ter pegado outro pijama se soubesse que o Nuno me veria assim... – lamentou Alícia.

Ele, então, esticou os braços me oferecendo o que havia trazido. Procurei ser o mais educada que eu conseguia. Agradeci e coloquei o presente na mesa.

– Fique à vontade! – eu disse indicando singelamente um banquinho do outro lado da sala, perto do piano e do violão do meu pai; ou seja, bem distante de nós. Assim seria menos pior.

Mamãe me olhou como quem diz "faça tudo corretamente" e entrou de volta para o corredor que levava aos quartos.

O clima tinha sido quebrado definitivamente. A empolgação de antes entre nós quatro tinha se dissipado, e ninguém sabia mais como aproveitar a festa. Estávamos constrangidas com a presença dele. Ele nos olhava de longe, com seu sorriso amarelo, tentando estabelecer qualquer tipo de conexão. Era duro demais para mim. Até porque tinha achado uma baita ousadia da parte dele ter aparecido por lá.

Àquela altura, eu já estava completamente desanimada. Tudo tinha desandado. Os planos de pedir *pizza*, fazer bolo juntas e, de repente, até virar a noite conversando não faziam mais sentido.

Martina, toda discreta, nos avisou que precisava ir ao banheiro e deixou a sala. Percebi sua demora em voltar. Esperta, Filipa disse que iria ver se a amiga estava bem e também desapareceu. Certeza de que estavam fugindo. Alícia encarava Nuno, que estava se sentindo exposto demais diante daqueles olhos curiosos. Sem conseguir emplacar qualquer troca, passou a nos ignorar, sacando o celular do bolso. Entretido, começou a digitar com uma rapidez impressionante.

– Será que ele está fazendo um pedido de socorro? Tipo para alguém vir resgatá-lo dessa encrenca? – Alícia brincou.

– Tomara que venham logo, então! – respondi, completamente cansada daquela situação.

Impaciente, levantei-me e fui ao meu quarto. Martina e Filipa estavam refugiadas lá.

– Você nem nos avisou que o Nuno viria! – reclamou a primeira.

– De onde você tirou essa ideia de convidar ele? Eu nem sabia que vocês tinham essa intimidade... – espantou-se a segunda.

– Intimidade? – arrepiei-me. – Deus me livre, Filipa! Isso foi encrenca da minha mãe, que cismou que eu deveria convidá-lo. O menino vai para a mesma escola que eu no ano que vem, além de morar aqui no prédio. Ela achou que eu tinha a missão de enturmá-lo. É que ela não convive com ele na escola, né? A gente sabe de tudo...

– Mas ele vai dormir aqui? – preocupou-se Martina.

– Olha, como ele mora uns andares para baixo, espero que tenha o bom senso de voltar para casa, né? – falei.

– Coitado... – suspirou Filipa.

– Coitado? Então vai lá dormir com ele, gata! – provoquei.

– Mas o que podemos fazer com ele aqui?

Fiquei pensando. Não era justo com minhas amigas, que também estavam esperando por aquela noite há tempos.

– Podemos fazer tudo! Vamos seguir nossos planos. Basta que ignoremos ele. Deixa ele lá na sala! A gente faz do quarto o centro de tudo! – sugeri.

– Gente, nós não podemos deixar ele lá sozinho... – falou Alícia na porta do quarto. – Estou com pena dele.

Ah, eu achava que não podíamos perder tempo por causa do Nuno. A besteira já tinha sido feita, não tinha mais como voltar. Mas não era correto que perdêssemos nosso encontro por causa daquele menino nada a ver. Minha vontade era mandar minha mãe ficar conversando com ele, porque se tratava de um convidado dela. Falei para as minhas amigas desencanarem e ficarem lá, conversando, curtindo, que, de tempos em tempos, eu iria até a sala perguntar se estava tudo bem. E outra: ele era tímido. E gente tímida não se sente bem no meio de outras pessoas, nunca têm assunto, gostam mesmo de ficar quietinhos, de boa, não é? Pelo menos era o que eu achava.

– Ei, que som é esse? – atentou-se Martina. – É Queen!

Eu não sabia muito bem sobre o que ela estava falando, mas logo notei que estava vindo da sala. Fiquei preocupada.

– A pessoa toca bem... – ela se impressionou.

– Deve ser algum vizinho. Tem alguém aqui no prédio que vive tocando violão – contei. – Meu pai até tocava, mas com o tanto de viagem que faz não tem mais tempo para seu *hobby*. Aí o instrumento fica encalhado na sala.

Alícia caminhou até a porta e colocou a cabeça para fora do quarto. Voltou segundos depois, surpresa.

– Eu acho que seu vizinho músico está na sua sala neste momento.

Martina ficou boquiaberta.

– É o Nuno que está tocando e cantando isso? – falou baixinho.

Fiquei vermelha de raiva. Como ele tinha tido a pachorra de pegar o violão do meu pai? Devia estar querendo chamar a atenção, só podia. Maldito garoto. Ele não perdia por esperar. Minhas mãos tremiam, eu suava sem parar. Estava pronta para falar um monte para ele, já tinha passado dos limites para mim.

– Cara, que coisa linda! – Martina, que era toda musical e até cantava em uma banda de *rock*, estava estupefata. – O menino é bom demais. Desculpa, Jackie, mas preciso ir lá ver isso.

Ela saiu correndo do quarto, e todas nós a acompanhamos.

Nuno estava abraçado no violão, de olhos fechados, compenetradíssimo. Ficou por um tempo sem nos perceber, imerso em sua musicalidade. Não podia negar que ele ganhava um aspecto diferente aos nossos olhos. Nunca imaginei que pudesse cantar tão bonito. Que voz, meu! Olhei para o lado e não era apenas Martina que se mostrava encantada com a cena.

Ao encerrar a canção, Alícia começou a aplaudi-lo e Filipa até deu um assovio alto. Ele largou imediatamente o instrumento, surpreso com nossa presença ali. Rapidamente, desmontou-se de sua postura mais vigorosa e voltou ao seu habitual jeito retraído.

Com a voz embargada e morrendo de vergonha, pousou o violão ao lado da cadeira e desculpou-se:

– Eu não resisto a um desses...

Eu achei uma falta de educação das maiores. Não se podia pegar algo sem autorização. Era um absurdo! Não faltava nada para eu soltar os cachorros nele, estava furiosa por ele ter estragado tudo, tudo, tudo.

– Não deve resistir mesmo, Nuno! – falou Martina. – Conheço muita gente que arrasa no violão; mas, olha, ninguém é como você!

– Eu não entendo nada disso, mas sua voz é linda... – elogiou Alícia.

– Foi uma surpresa! É que quase não ouvimos você falar, né? – gracejou Filipa.

– Toca mais, cara! – Martina pediu.

Ele estava sem graça. Me olhou como quem pede autorização.

– Ela deixa! – interferiu Alícia, toda abobalhada.

Nuno pegou o violão de volta e começou a dedilhar algo. Se achando, perguntou até o que as meninas gostavam de ouvir. Que porre! E aquelas sonsas ficaram lá suspirando por ele. Por ele, juro! Era o Nuno. O Nuno!

Que ódio! Era meu aniversário, minha festa, minhas amigas. E tudo terminaria daquela maneira? Aquilo era uma injustiça, eu não merecia. Achei que não precisava ficar lá na sala acompanhando aquela palhaçada. Corri para o quarto, sem querer ver mais ninguém.

Só sei que ele tocou por um bom tempo. Só depois que ele disse que precisava ir (e as loucas até insistiram para ele dormir em casa. Onde? Me diz, onde?), é que elas foram para o quarto e se lembraram de mim. Fora que não pararam de falar sobre o menino. Aquele feio, aquele esquisito.

Quem ele pensava que era? Achava que tinha algo de especial?

Cobri minha cabeça com o edredom e fiquei lá embaixo, sem querer saber de mais ninguém. Eu e meu celular. Àquela altura, só uma postagem de *Os imperfeitos* para me aliviar a alma. Só mesmo.

"E quando a gente está perdido? E quando as coisas não têm saída? Acalme-se. Tudo tem seu tempo, sua hora. Aprenda a melhor maneira de colocar tudo a seu favor. Seja você."

Desliguei o celular e fiquei pensando no que li.

– É isso. Ele que se prepare: eu vou colocar tudo e todos a meu favor.

Na segunda-feira seguinte, fiquei enojada só de ver a cara dele na classe. Mais preguiça eu tive quando me dei conta que aquelas malucas das minhas amigas agora ficavam bajulando ele. É claro que ninguém entendeu aquela mudança repentina de comportamento delas, que dava a ele uma inacreditável popularidade. Achei *over* demais, exagerado, até porque ele nem tocava tão bem assim.

O Quincas, curioso, chegou até mim e Alícia no intervalo.

– Que mel ele passou no corpinho? Me contem que eu quero comprar... – brincou.

Talvez tenha ficado um pouco enciumado porque todo mundo sabia que, desde que ele entrou na escola, tinha uma quedinha pela Filipa, que estava toda prosa para cima de Nuno. Ela até convidou ele para participar daquele lance do bate-papo com o diretor de cinema que estava organizando!

– Quincas, o mel é a música – respondeu Alícia. – Você tem que ver o Nuno tocando violão e cantando.

– Ah, você tá zoando! – desacreditou o menino.

– Juro! Ele manda bem mesmo.

– E onde você viu ele tocando, hein?

Bom, dali para a história de ele ter participado da minha secreta festa do pijama vazar para todo mundo seria um pulo. Por isso, para evitar a grande tragédia, interrompi o papo dos dois para contar uma coisa que ninguém sabia.

– Vocês estão ligados que não vai adiantar nada esse negócio das meninas bajulando ele...

– Por que, hein, Jackie? – quis saber Quincas. – Não vai dizer que ele é...

– Ele é! Certeza! – falei sem pestanejar.

– Puxa, você jura? – entristeceu Alícia.

– Ô... já vi cada coisa lá no meu prédio. Você sabe que ele mora no mesmo condomínio que eu, né, Quincas?

– Eu estava achando ele até mais bonitinho... – confessou minha amiga, um tanto decepcionada.

Eu só pude rir. Que ideia doida aquela da Alícia. Não devia estar batendo bem da cabeça mesmo. Onde já se viu achar o Nuno bonitinho? O Nuno!

Quincas saiu para ir com os garotos e nós ficamos lá, sentadas no canto do pátio. Alícia estava desconfiada.

– Mas independentemente de ele gostar ou não de garotas, sabe que eu achei que ele chegou diferente na escola hoje? Acho que a gente deu um *up* na autoestima dele.

– Não notei diferença alguma...

Era mentira. Eu tinha reparado também. Ele estava mais sorridente, com uma postura mais feliz. Vi ele cumprimentando as garotas com beijinhos no rosto, credo! Só sei que aquele menino, depois do que tinha feito, estava me dando nos nervos. Queria que ele sumisse de uma vez por todas. Até porque a última coisa que podia acontecer na minha vida, ainda mais naquele momento tenso que todos estávamos passando na escola, era que o Nuno fizesse parte da minha turma. Ah, isso eu não ia deixar acontecer. Não mesmo!

Devo confessar: meu santo nunca bateu com o dele. E acho que ele também não gostava de mim, *vide* o que tinha feito. Ir na minha casa sabendo que eu era contra, invadir minha festa e ainda atrair a atenção de todo mundo. Naqueles dias eu tive que trabalhar minha paciência. Eu rezava para que aquele *frisson* logo passasse. Mas não aconteceu.

Mas, em compensação, uma coisa havia acontecido para me fazer um pouco feliz – e, a bem da verdade, me senti um tanto vingada. O verde que eu tinha lançado para Quincas sobre o Nuno tinha frutificado. Em pouco tempo, comecei a ouvir pelos cantos a história de que ele era *gay*. Tá, eu não sabia na real. Nunca tinha visto nada suspeito. E outra, nem achava que isso era um problema. Mas foi algo meio compulsivo contar aquilo. Tive vontade de fazer aquela brincadeira. Não foi por mal. Saiu.

Só sei que, por conta daquilo, Nuno voltou a ser como antes. Os quinze minutos de fama logo se acabaram. Ele passava por mim e eu fingia que não o via. Ele até forçava uma troca de olhares, querendo entender se eu tinha algo a ver com a boataria (ele sabia que sim), mas eu tratava de fugir. Sempre que precisava, pegava meu celular e me fingia ocupada – mas eu estava só passeando pela *timeline* da rede social.

"Saber quem são as pessoas é o grande desafio que enfrentamos. Às vezes a decepção vem de onde não esperamos. Ainda assim, olhar para dentro é a melhor forma de a gente seguir em paz."

Os imperfeitos. Sempre precisos! Sempre alinhados com meus sentimentos. *Post* após *post*, aquele sábio filósofo da internet conseguia entender o que eu sentia. Eu tinha realmente me decepcionado com o Nuno, não imaginava que ele fosse tão, tão... tão... arrogante do jeito que se mostrou. Exibido, egocêntrico, sabe?

Por isso nem fiquei com pena quando ele começou a ser o alvo da dupla mais terrível da classe, Pavio e Krebs.

– Ei, bonitão, toca uma canção para mim? – gritava um deles, enquanto o outro se contorcia de rir.

Nuno abaixava a cabeça constrangido e seguia a passos apressados, tentando fugir de tudo e de todos. Acabei presenciando uma daquelas cenas e, confesso, não me contive: caí na gargalhada.

A Filipa, com aquela mania de ser defensora dos pobres e oprimidos, me repreendeu:

– Coitado dele, Jackie. Você não tem coração?

– Coitado nada! É o maior sonso. Vocês caíram como umas patinhas no joguinho dele e tal.

– Menino bonzinho, nunca ninguém falou nada dele. Ele sempre ficou na dele.

– Bonzinho nada. É um terror! Os vizinhos vivem reclamando da barulheira que ele faz, ele grita com a mãe, xinga umas coisas que nem eu tenho coragem de dizer....

– Você ficou brava porque ele foi na sua festa, né? E ficou enciumada porque a gente acabou prestando atenção nele. Já saquei a sua faz tempo, Jackie. E agora tá espalhando esses horrores sobre ele para todo mundo. Outro dia mesmo você contou para o Dan que o Nuno era um criançâo, que não tinha amigos, e vivia sozinho no prédio – ela falou. – Aliás, você começou a trazer um monte de coisas sobre esse seu tal prédio...

– Você já percebeu que ele tem bafo?

– Jackie! Isso é *bullying*! – Filipa bravejou, me deixando sozinha no corredor.

Só me faltava essa. As pessoas começarem a virar as costas para mim por causa do Nuno. Só me faltava essa!

•.•

Mais uma vez, o professor Aranha tinha decidido dar um trabalho de História em grupo para nota. Acho que o velho já estava cansado de tanto corrigir prova individual que começou a apostar naquele tipo de atividade.

Assim que terminou de dar as coordenadas, rapidamente a turma se movimentou, organizando as carteiras da maneira que melhor convinha para cada um. Eu, claro, corri para o lado da Alícia, que além de minha amiga era inteligente, e isso me garantiria uma boa nota que, convenhamos, era algo que eu sempre estava precisando.

Ao chegar perto dela, percebi que Filipa estava tentando argumentar algo com o professor. Ela mexia as mãos e perguntava se não poderia incluir mais uma pessoa no grupo. Eu gelei. Éramos sempre nós quatro, o time invencível. Naquele instante me pareceu que, de fato, nossa união estava por um fio.

– Por que vocês querem colocar o Nuno no grupo? Nada a ver! – contestei.

– A gente conversou outro dia e decidimos incorporá-lo aos nossos trabalhos. Ele sempre fica sozinho... – justificou Martina.

– A gente quem? Eu não fui chamada para essa reunião – reclamei.

– É que você iria encrencar, Jackie – respondeu Filipa. – Você anda pegando muito pesado com ele. É sério, a gente já não anda mais curtindo seus comentários, suas fofoquinhas. São completamente desnecessários...

Filipa falou de um jeito tão incisivo, bem no meio da classe, que grande parte da sala 1208 parou para ouvir o sermão que ela me deu. Até o Nuno, que ficou paralisado segurando uma carteira que arrastava para nosso lado. Se eu fizesse um escândalo ali mesmo, iria pegar mal. Respirei fundo, como se nada tivesse acontecido. Apenas a ignorei.

Fiquei completamente bodeada para fazer aquele trabalho. Não que eu me animasse em qualquer outra ocasião. Mas, naquele dia, estava tudo completamente insuportável. Fiquei com a cara amarrada o tempo todo enquanto o resto do grupo conversava sobre que caminhos iríamos tomar naquele projeto que precisava tratar, de maneira criativa, de qualquer momento histórico do século XX.

– E se a gente falar sobre a criação da bossa nova? – sugeriu o menino fétido.

Ai, que chato aquele negócio de bossa nova. Um banquinho, um violão e um marasmo imenso. As outras integrantes do grupo bateram até palmas (*preguiça!*), disseram que era uma escolha megaoriginal e blá-blá-blá. Chegou uma hora que eu estava tão, mas tão cansada dos rumos que as minhas relações estavam tomando que até dei graças a Deus que a escola iria acabar e que, em breve, teria uma nova turma. O inferno era que aquele garoto provavelmente iria para a mesma escola que eu. Eu ia ter que conversar seriamente com minha mãe para a gente mudar os planos e tudo mais.

– Jackie? – Alícia me cutucou e eu tirei o fone da orelha. – Já deu o sinal, estamos indo!

Eu estava tão viajando em meus pensamentos que nem percebi todos se levantarem e seguirem para a porta carregando suas mochilas e pertences. A classe ficou com as carteiras desorganizadas.

– Vai indo! Vou organizar minhas coisas com calma e nos encontramos lá fora – eu disse.

Eu não estava a fim de mais estresse. Aquela história já tinha me dado muita dor de cabeça. Precisava espairecer, mudar o foco, ficar distante do garoto que tanto me irritava e das minhas amigas que passaram a me tirar do sério.

Quando estava deixando a classe, ouvi algo tocar.

Pensei em deixar para trás, mas o telefone insistiu no chamado. Imaginei que alguém tivesse esquecido o aparelho lá. Voltei, levando em conta que se tivesse acontecido comigo, se eu perdesse meu telefone, morreria do coração. O som continuou insistentemente e comecei a caçá-lo.

Cheguei até o barulho e peguei o aparelho nas mãos.

Duas chamadas perdidas de um número desconhecido.

Dei uma geral na classe para identificar quem estava sentado naquela carteira e não acreditei.

Era o Nuno.

Sempre ele, sempre! Me perseguindo. Agora iria ter que entregar o celular para ele. Eu não iria fazer aquele favor e, além do mais...

Então, tive uma ideia.

Eu não sabia se devia. Encarei o aparelho mais uma vez.

Apertei para ele acender e, para minha surpresa, não havia nenhuma senha que bloqueava o acesso. Aquilo que era sorte.

Verifiquei se ninguém estava de olho e coloquei o celular na minha mochila. Assim que eu chegasse em casa decidiria para que me serviria.

•.•

Se me protegesse no escuro do quarto, ninguém iria ver o estado que eu estava. Apenas a luz da tela do celular dele iluminava meu rosto, sem dar a dimensão da perplexidade que tomava conta de mim. Há poucos minutos, eu estava pronta para decidir o que poderia fazer com aquela preciosidade em mãos. Pensei em mandar mensagens inoportunas para algumas pessoas. Imagine o Pavio receber uma declaração indecente do Nuno? Ou poderia compartilhar alguma imagem bizarra que tivesse na sua galeria de fotos. E até investigar *posts* antigos ou curtidas comprometedoras em suas redes sociais, dar *print* e fazer com que elas fossem misteriosamente disseminadas pelos celulares de todo o pessoal da sala 1208. Tudo isso me passou pela cabeça.

Mas a primeira coisa que encontrei e que me chamou a atenção foram pequenos textos anotados no bloco de notas.

"As nossas atitudes são o que definem qual é o papel que temos com nossos pares. É difícil ter que se adequar ao que os outros querem. Mas o que vale mais: o que o outro quer ou o que eu quero?"

Eram pensamentos lindos.

"Se você incomoda uma pessoa, quem é que deve mudar?"

Falavam tanto comigo.

"Ser invisível, eu descobri, não tem serventia alguma. O que vale é estar presente, mesmo que em silêncio. Você pode transformar alguém com uma mínima ação que faça. Mesmo que não saibam que você foi responsável por aquilo."

O celular de Nuno estava com o *login* feito no perfil de *Os imperfeitos* na rede social. Eu fiquei completamente desesperada com a possibilidade... com a possibilidade... de ser ele.

De ser ele o autor de tudo o que era postado ali.

Ele, cujas palavras tanto diziam sobre mim.

Ele, cujas palavras tanta sensibilidade traziam pelo jeito que olhava as pessoas, o cotidiano.

Ele, cujas palavras tanto tinham me feito companhia quando mais precisei.

Ele, cujas palavras eu tanto compartilhei e pedi (ou mandei) que todo mundo lesse.

Que golpe aquele. Que golpe!

Minha vontade era desaparecer. Era morrer.

Escondida de mim mesmo, não sei se devia pedir desculpas.

Não tinha ideia do que fazer.

Desliguei o celular dele para pensar. Automaticamente, procurei uma resposta em um *post* novo de *Os imperfeitos* que pudesse me salvar.

Não havia.

Todos éramos imperfeitos, cada um do seu jeito.

•.•

– Ei, tem alguma coisa aqui debaixo da minha carteira. Acho que esqueceram um bilhete... – comentou Luna.

– Ih, será que é um admirador anônimo, é? – estranhou Theo, tirando o papel da mão da menina. Ele leu e ficou admirado. – O sujeito escreve bem. Tem uma *hashtag*: #osimperfeitos.

Então, sacou o celular e fez uma busca.

No outro canto, Ximenes também encontrou algo parecido.

– "*O que a gente precisa é aproveitar cada momento antes que....*" – e interrompeu abruptamente, lendo em silêncio o resto da frase. – Cara, para com isso! Uma coisa dessa logo de manhã. Assim vou chorar de emoção.

Ícaro também encontrou uma mensagem em seu lugar.

– Parece que esse cara está fazendo um belo trabalho de *marketing*! – brincou.

Quando se deram conta, todos estavam lendo e relendo mensagens que foram distribuídas pela classe. E também por todos os cantos da escola. Haveria gente que encontraria um texto de *Os imperfeitos* ao lado da privada no banheiro, pregado no espelho, no jardim do pátio, em uma das mesas da cantina, em um dos tubos de ensaio do laboratório.... Enfim, sempre alguém iria encontrar um pensamento que poderia ajudar ou, ao menos, espalhar poesia naquele dia. Quem sabe, *Os imperfeitos* ganharia mais seguidores e sua voz seria mais e mais ouvida.

Só sei que deu o maior trabalho chegar mais cedo para fazer tudo aquilo. Terminei antes que todos aparecessem e fiquei na expectativa da repercussão. E também querendo saber como Nuno reagiria àquilo.

Ele foi um dos últimos a entrar na classe. A turma estava eufórica, um lendo o bilhete do outro, comentando o que haviam recebido e tentando fazer alguma conexão com sua própria vida, como se fosse uma mensagem especial. Na verdade, eu até pensei nisso. Resgatei das mais antigas até as ainda não publicadas e fiz uma grande curadoria.

– Ei, Nuno, o que está escrito no seu bilhete? – perguntou Alícia.

– Bilhete? Que bilhete?

– Um desse aqui – e ela mostrou o dela. – Todo mundo recebeu de alguém que assina a *hashtag* #osimperfeitos.

Estava observando tudo. Percebi ele petrificar quando ouviu o que ela disse. Rapidamente passou a mão debaixo de sua carteira e encontrou também um papel como o de todos. Esperou que o professor chegasse e colocasse ordem no alvoroço, para ler sozinho.

"*Depois da saída, me encontre na praça da igreja. #aimperfeita.*"

Todo mundo sabia onde ficava, há dois quarteirões da escola. Um lugar mais seguro para eu fazer o que precisava.

Quando ele chegou, eu já estava lá. Muito emocionada, estiquei minha mão e entreguei o celular de volta para ele.

DAN EM

A PRIMEIRA COISA QUE VOU LEMBRAR DEPOIS DE TUDO

5

Meu objetivo era manter os olhos dela presos aos meus. Estava pensando em apostar em qualquer forma de hipnose descoberta num programa de televisão barato. O fato é que eu queria evitar que ela desviasse o olhar para qualquer outra parte do meu corpo. Eu ainda estava tentando entender como eu tinha ido parar ali, na frente dela, vestido assim. O fato de estar daquele jeito diante de Martina me deixava um tanto atordoado. Deitada na minha frente, ela me encarava de uma forma que eu nunca pensei que poderia acontecer. Mesmo desejando aquele momento nos últimos meses, o fato de ele ter se tornado real era algo extremamente desesperador. A gente nunca imagina que, quando chega a nossa vez, a tal "hora" que tanto esperamos, a vontade real é de sair correndo. Sim, é verdade: eu queria sumir daquele local, me esconder atrás das imensas caixas de som, fugir pela minúscula janela que trazia a pouca ventilação para a sala, mesmo sabendo que era impossível passar pelo quadradinho na parede. Eu não sabia se devia estar pensando numa coisa daquelas. Porque a minha impressão é que nada daquilo passava pela cabeça dela. Ela me parecia bem de boa. O problema era eu.

Ela não.

– Ei, Dan, fica tranquilo, meu!

– Tá tudo bem, Martina. Tô bem!

A gagueira, evidentemente, me entregava. Estava muito claro que não estava nada bem. Ao mesmo tempo que eu sabia que precisava me concentrar nela, no toque, no olhar que deveria dar, eu buscava outras formas de me distrair sem que ela percebesse. O lance era ora ficar focado, ora pensar em outra coisa para que não me sentisse tão pressionado e colocasse tudo a perder. Deitei-me ao lado dela, ela pousou a cabeça no meu peito. Senti certo nojo do sofá de couro, sujo e grudento. Coloquei um braço atrás da minha própria cabeça, me dando apoio, e com o outro abracei Martina, acolhendo-a. Como ela não dizia nada, eu também optei pelo silêncio. Fiquei reparando nos detalhes daquele camarim chinfrim onde estávamos terminando aquela inusitada noite de domingo. A parede roxa muito mal pintada, as estrelas douradas (breguíssimas!) espalhadas na tentativa de dar luxo ao local, a luminária quebrada, todos os aparelhos de som amontoados – caixas, amplificadores, microfones e instrumentos. Talvez estivesse esperando que eu tomasse uma atitude. Voltei meu olhar para ela, querendo me certificar disso. Eu nunca tinha me sentido tão exposto em meus pobres 17 anos. Minha sensação era estar sendo vasculhado em cada milímetro do meu peitoral mal desenvolvido. Apesar de termos a mesma idade e estarmos na mesma classe, ela era bem diferente de todas as outras garotas que costumavam me observar pelos corredores da escola. E olha que não eram poucas as que viviam suspirando quando eu passava. Eu até achava graça naquilo. Às vezes, sentia que elas pensavam que eu era uma pessoa inalcançável, quase um astro de cinema. Mal sabiam o quanto eu me sentia desconfortável com aquele tipo de interação. Tá, eu não posso negar que sou bonito. Mas não gosto de me vangloriar por isso. Sou mesmo e pronto: me olho no espelho, me analiso, aí comparo com os outros caras. Fui mesmo privilegiado. Eu achava até que o fato de ter ficado com mais meninas que meus amigos pudesse me dar certa vantagem quando o meu momento chegasse. Sim, é verdade: até onde sei, fui quem mais ficou com garotas lá na sala 1208. Não sei se a lista podia ser considerada grande, mas perto das dos outros era (pelo menos levando em conta as histórias que eu conhecia). Meu primeiro beijo foi com a Cléo. Rolou numa das viagens que a gente fez para o apartamento dela na praia. Era noitezinha, todo mundo estava tirando um cochilo. Nos encontramos na cozinha, eu atrás de um refrigerante, ela preparando um brigadeiro de colher. E nos beijamos. Tudo meio torto, muita saliva, aquela coisa de a língua não saber o que fazer. Era o primeiro beijo dos dois. Depois, a gente até tentou ficar na escola um tempo, mas o negócio logo esfriou. Não rolou química. Sabe que o Theo até tentou pôr pilha para que eu insistisse no relacionamento, mas o caso não vingou mesmo. Certeza de que ele queria que eu tivesse uma namorada para que pudéssemos sair de casalzinho: eu e "a minha mina" e ele e a "mina dele", que, no caso, era a Luna. Mas isso foi antes da crise entre os dois. Tá, confesso que já tive muita vontade de beijar a Luna também. Mas quem não teve? Só que jamais tentaria alguma coisa por causa do meu melhor amigo. E teve a Jackie, mas ela eu nem conto. Foi um beijinho só e ninguém sabe disso. Acho que é o maior segredo que guardo na vida. Até porque foi meio nada a ver. Aconteceu na festa de 14 anos do Ximenes, faz um tempo já. Ela veio na cara dura, me pediu um beijo e eu dei. Foi só isso, nada demais. Com a Virgínia, a amiga da Cléo, quase rolou agora nas férias. Mas eu fiquei de bode dela. Muito pegajosa! Agora, quem marcou a minha a vida mesmo foi a Rachel. Eu estava no nono ano, e ela já no segundo do Ensino Médio. Linda, linda, linda! Nunca vou me esquecer dela, nunca! Quase quatro anos mais velha, a doida veio me dar bola. E mais que isso: com ela quase aconteceu a minha primeira vez. Quase. Essa eu tive que contar para todo mundo. Sei lá, menino tem dessas coisas. Eu sei que é meio ridículo, muitas vezes a gente faz sem pensar, para se comparar com os outros, para se achar o bonzão. Sei lá se aquilo fazia sentido para mim. Até a Rachel dizia que eu era diferente, que eu era fofo. Talvez fosse mesmo...

– Você tá pensando no que, hein?

– Em você, Martina!

– Tá nada. Tá aí olhando para o teto.

– É engraçado estarmos aqui, né? Um camarim nada a ver. Nunca pensei.

– Exótico, né?

– É...

Era realmente estranho eu estar junto da Martina outra vez. Ainda mais naquela situação antes impensável. Com qualquer movimento em falso, poderíamos derrubar algum instrumento ao nosso redor. Eu tentava fazer tudo com calma, sem grande euforia. Mas quando me esquivava, ela me buscava. Tudo muito confuso. Porque era a Martina, sim, a Martina, minha melhor amiga no terceiro ano – do Fundamental I! Era ela que estava diante de mim, sorrindo, achando muito engraçado o que estávamos vivendo. A poeira dava o ar da sua graça a cada encaixe, ainda bem que eu tinha tratado minha rinite, senão a vergonha que passaria seria muito maior. Fazia um tempo que tinha botado na cabeça que iria beijá-la antes do fechamento do colégio. Mas, juro, meu plano era só o beijo, o resto não. Por isso, naquele instante, fiquei tentando rememorar os motivos que levaram àquela ideia maluca de conquistá-la.

– Martina... Como a gente chegou até aqui?

– Não sei, Dan. Relaxa!

Uma casa precária de *shows*. Uma salinha escondida nos fundos. Tudo à meia-luz. As paredes roxas. Nenhuma ventilação. Sobre as caixas de som, minha jaqueta. Debaixo do sofá, minha camiseta, minha calça. Os sapatos jogados em algum lugar. Talvez eu tivesse que ter me preparado mais. Juro que devia. Tá, eu estava a fim. Estava sim. Que ninguém pense outra coisa. Mas por que ela? Aquela menina de quem eu era tão próximo na infância e que tinha se tornado um mistério. Talvez fosse esta a razão de tudo: Martina era um enigma que passei a querer desvendar. Só podia ser. Por isso meu fascínio.

Fascínio.

E era tanto que eu, a cada segundo, tentava me concentrar, enquanto ela me observava no fundo dos olhos. Que agonia! Logo comecei a contar o número de lâmpadas queimadas da sala, como um método de fuga. Respira fundo, Dan! Respira.

– Você ouviu isso?

– Calma, garoto! Não tem ninguém aqui, certeza!

Ela tinha sido meu par na festa junina quando a gente tinha uns 8 anos. Acontecimento esse que nos deixou próximos pelos anos seguintes. Sorridente, arteira, cheia de opiniões. Dava um baile nos meninos. Não por acaso, criei uma espécie de admiração por ela. Martina me ensinava tanto. Me explicava de exercício de Matemática a como dar o melhor chute no futebol. Grudei nela. E não fui só eu. Lembro que o Bento, que era bem mais tímido que eu (sempre foi!), também pirou nela. Aliás, Martina acabou virando protetora do Bento. E meio que é até hoje. Se liga, até o Pavio ficava na cola dela – isso antes de ele virar o molambento que virou. Até podíamos dizer que formávamos uma turminha, juro. Pensando hoje, uma turma bem equivocada. Mas eu nunca tive nenhuma segunda intenção em relação a ela. Até porque éramos crianças. Depois, o tempo passou e a gente naturalmente se distanciou. A partir do quinto ano passamos a cair em salas separadas. Ainda nos cumprimentávamos pelos corredores de maneira bastante formal, mas sem intimidade. Nossa amizade esfriou. Eu acompanhava Martina crescer, mudar. O tempo passava, acabou o Fundamental, entramos no Ensino Médio.

Eu ouvia as pessoas comentando como ela andava tímida, fechada, mais na dela. E, confesso, eu ia ficando um tanto intrigado e morrendo de curiosidade de saber o que estava rolando ali dentro. Mas e a coragem de me aproximar? Ela realmente ficava reclusa em seu mundinho. Passou a circular pelos corredores e no intervalo sempre com imensos fones nos ouvidos, como quem procura se isolar de tudo e de todos. Com o som rolando, ela fazia movimentos com as mãos simulando baquetas imaginárias. Um dia o Bento veio me contar um negócio, pedindo segredo: Martina tinha entrado em uma banda de *rock* como vocalista. Achei aquilo bem maneiro. No primeiro ano, voltamos a cair na mesma sala. Até porque só tinha uma sala, o que era muito bizarro se pensarmos que alguns anos antes as séries iam A até o F. O colégio tinha mesmo perdido muitos alunos nos últimos tempos, talvez este também fosse um dos motivos para a decisão definitiva que o Carmelo havia tomado. Então, foi inevitável que a gente voltasse a conversar e tal. E aí comecei a sentir um negócio diferente por ela. Do lugar onde eu sentava, analisava-a de costas enquanto fazia as tarefas e a imaginava em cima do palco. Seus cabelos longos e muito pretos. Seus olhos maquiados. Que roupa vestiria? Comecei a ficar doido com esses pensamentos, deu mesmo uma louca na minha cabeça. Aí, quando veio a notícia sobre o fim da escola, bateu um desespero. Algo inesperado, saca? Como se talvez não tivesse tempo o suficiente para cumprir meu novo desejo mais íntimo: ficar com a Martina. E se nunca mais nos víssemos? Passava dia e noite pensando, angustiado. Achei que não teria outra escolha senão agir. Decidi me aproximar. Um dia na aula de Educação Física troquei o futebol por um papo. Os moleques todos estranharam minha ausência no jogo, mas o Theo logo sacou meu interesse. Na saída, veio me interrogar, querendo saber se eu estava a fim da Martina. Sei lá se o negócio era estar "a fim". Eu queria beijá-la e pronto. Acabei confessando isso a ele, mas pedi segredo. Ele foi *brother*, é verdade, não falou para ninguém sobre meu sentimento, o que não o impediu de passar a fazer piadas sobre o assunto. Como ele havia entrado na escola depois que Martina e eu tínhamos deixado de ser amigos, não conseguia compreender nossa ligação no passado. Dizia que não tínhamos nada a ver e ainda tentava agitar a Cléo para mim. Mas a Cléo andava muito estranha nos últimos tempos. Tem gente dizendo que ela está com depressão. Só sei que eu estava apenas com olhos para Martina. O sentimento foi aumentando, e eu ficava pensando nela depois da aula e tudo mais. Acabei conseguindo o número dela com a Filipa e mandei uma mensagem pelo WhatsApp. Martina também se mostrava monossilábica em conversas virtuais. Tudo bem. Só sei que um dia pedi que me avisasse quando tivesse um *show* dela. Ficou nisso. Passaram-se semanas, todo mundo meio abalado com o lance da escola, os pais fazendo reuniões com a diretoria e tudo mais. O maior *stress* do mundo. Eu estava malzão (bateu aquele senso de realidade e entendi que o caso não tinha reversão), quando o meu telefone apitou. Fui conferir e era ela. Havia me mandado um *flyer* de uma apresentação que sua banda, a *Don't Talk To Me*, faria. Achei bem sugestivo o nome do grupo. A mensagem se limitava à imagem, não tinha nenhum "Aparece lá!". Direto e seco. Me senti provocado. Quando a gente cisma com algo, não tem jeito: qualquer coisa parece um sinal. Aí eu fui.

– Você trouxe?

– O quê?

– Você sabe, ué...

O cheiro, a pele, o toque dela. Minhas mãos desconfiadas tentam descobrir o que ela tinha de tão fenomenal. Eu procurava me manter inteiro, firme e forte. Minha tensão era perceptível. Ela parecia se divertir. Será que era mais experiente que eu? Gelei. Ah, meu Deus, eu nem tinha pensado naquela possibilidade! E era melhor parar de pensar, porque senão eu ia me complicar todo. Para, Dan, senão as coisas vão para o brejo! Nervosismo é uma droga. Estávamos no maior amasso que acabamos caindo no chão. Ela não segurou a gargalhada. Eu não conseguia achar graça, mas me forcei a rir também. O pequeno acidente permitiu que respirássemos um pouco. Foi bom porque estávamos completamente suados, grudando um no outro. Ela, então, se levantou e eu a fiquei encarando: só ali a ficha do que estava acontecendo caiu. Era a Martina, minha amiga. Eu nunca a tinha visto ficar com nenhum outro garoto. Uma vez até ouvi que ela curtia meninas, mas o boato nunca teve fundamento. Também era aquele negócio de preconceito, né? Se a pessoa não apresenta ninguém, a galera acha que ela não tem nenhuma vida amorosa para além dos muros da escola. E também se curtisse garotas, qual o problema? Só sei que ela estava gostando do nosso momento. Eu sentia. Percebi ela alcançar sua mochila, abrir o zíper de um compartimento e tirar algo de lá de dentro. Aí que me toquei sobre o que ela tinha me perguntado momentos antes. Se eu tinha trazido... não, eu não tinha! Eu nem sabia que aquilo iria rolar. Então, jogou o pacotinho no meu colo. Ela me encarou com um sorriso, um tanto decidida. Talvez estivesse achando graça do meu jeito atrapalhado. Respirei fundo, buscando calma. Todo mundo uma hora, mais cedo ou mais tarde, ia passar por isso. Tudo bem que eu não estava preparado, mas só fui me dar conta disso quando estava dentro do furacão. Certeza de que tinha sacado tudo! Agora não tinha mais volta.

Não tinha.

Até porque se eu desistisse bem naquele momento iria dar um vexame monumental. E pior: se ela resolvesse contar para alguém que eu tinha fugido, minha reputação... ah, sei lá o que podia acontecer. Só me restava tomar coragem e ir. Fiquei encarando a pequena embalagem por um tempo. Tudo ficou suspenso, à espera do próximo passo. À espera da minha atitude. E pensar que eu só tinha saído de casa naquela noite para assistir a um simples *show* no Mr. Rock, baladinha *underground* que, às vezes, promovia umas sessões de matinê para a apresentação de bandas iniciantes. Eu cheguei no horário, às sete da noite. Até pensei em chamar o Theo, mas desisti de última hora. Eu que me agilizasse sozinho, sem ninguém na minha cola. Acabei pedindo para me acobertar, porque falei para meus pais que iria na casa dele. Ah, eu não queria falar que iria no *show* da Martina e ter que responder todas as perguntas que viriam na sequência. "Quem é a Martina?"; "Mas por que você vai nesse *show*?"; "Quem vai com você?"; "Mas por que a Martina canta esse tipo de música?"; "Mas é a Martina que foi seu par na festa junina no terceiro ano?"; "E ela tá bem?"; "E o pai dela continua trabalhando na empresa de telefonia?". Bom, eu não tinha tempo a perder. Peguei uma grana que tinha guardada, chamei o Uber e fui. Fui um dos primeiros a entrar. A casa não estava cheia, só lotou depois. Era tudo meio escuro, o piso xadrez preto e branco, umas luzes vermelhas davam um clima de balada. Tinha um balcão para quem quisesse pedir bebida. Pedi água, é claro. Fiquei de boa, esperando o *show* começar. Percebi que só tinha gente mais velha, e muitos dos presentes eram conhecidos da banda. Aliás, os integrantes eram todos mais velhos que Martina, isso reparei depois. O *show* começou com quarenta minutos de atraso. Entraram no palco sob aplausos. Eu também bati muitas palmas, entusiasmado. Eu lembro que meu sorriso se abriu como um ato involuntário, de quem acha lindo alguma coisa. Que maneiro ela ter conseguido se tornar vocalista de uma banda! Foi bem nesse momento que seus olhos colaram em mim pela primeira vez – e ela até errou um pouquinho a letra que cantava. Talvez tenha ficado surpresa com minha presença. Será que achou que eu não iria? Martina evitou me olhar o quanto pôde, mas não conseguiu. Eu conhecia algumas músicas, mas outras ficava só no *lá lá lá*. Viajei um tempão, pensando na hipótese de ela me achar bonito e interessante como as outras garotas achavam. Até aquele momento eu não tinha essa resposta. Nem sei se tive, mesmo quando estávamos sozinhos, no chão do camarim. Eu imóvel e ela me esperando.

Tive que me agilizar.

– Eu gosto de você, Martina.

Espero que tenha feito tudo certo. Por que a maior maluquice aquela, né? Me concentrei o máximo que pude. Fiz de tudo para ser carinhoso e bacana com ela. Ela foi comigo também. Quando eu ia imaginar que o fato de ter ido cumprimentá-la no camarim daria nisso? Até porque era natural que eu fosse, questão de educação. "Da hora seu *show*, você canta bem!". É, eu não sabia o que fazer. "Obrigada!". Nem ela sabia. "Que é isso! Vamos ver se na próxima trago a galera...". Foi constrangedor. "Pois é, traz sim!". Apesar daquele engodo da nossa conversa, sentia Martina radiante como há tempos não via. Até parecia a menina de antes. "Fica um pouco aí, a gente já conversa mais!". E eu fiquei. "Tá bom!". Ali senti que, talvez, ela tivesse sacado o motivo da minha ida ao *show*: o beijo. Me misturei entre as pessoas que estavam no camarim, outros conhecidos tinham ido dar um abraço nos integrantes. Lá dentro parecia estar tão lotado quanto antes, na pista. Quase uma extensão do *show*, a mesma *vibe*. Alguém até chegou a me oferecer uma bebida, que recusei. Quando percebi, o movimento estava baixando. As últimas pessoas se despediam dela. Talvez precisasse partir também. "Então, eu vou lá, Martina. Belo *show*! Parabéns outra vez!". "Obrigada por ter vindo. Fiquei feliz!". Aí fui dar um beijo de despedida no rosto dela, mas ela se virou e me beijou na boca.

Foi ela. Na boca.

Um beijo intenso. Foi ao mesmo tempo maravilhoso e assustador porque eu não estava esperando por aquilo. Estava, mas não daquele jeito. Eu me senti um pouco invadido. Tudo muito apressado. Eu sempre criava um ritual para conquistar as garotas. Mas foi tudo do jeito dela. Nos abraçamos, já pegando fogo. Eu fiquei rapidamente sem fôlego, mas feliz por ter alcançado meu objetivo. Só que eu precisava mesmo ir embora, já tinha dado a hora, mas ela não parou. Aquilo era um sinal do caminho que iríamos tomar.

"Dan, está tudo bem?"

Fui eu quem me fiz aquela pergunta. Estava meio fora de mim, sem entender o que tinha vivido. Estava lá entretido com uma infiltração terrível no teto e com o bolor tomando conta da laje. Não, não sabia se estava tudo bem. Sei lá o que eu devia sentir depois que uma coisa daquelas acontece. O que a gente vira depois que tem a primeira vez? Eu nunca tinha pensado naquilo...

Ergui meu tronco do chão, e ela estava deitada no sofá. Enquanto eu tirava a poeira do meu corpo, observei ela se arrumar, esperando algum tipo de manifestação sobre o que tínhamos vivido.

– Foi legal nosso encontro... – tentei quebrar o gelo, caçando minha camiseta.

– Doido, né? – ela se limitou a responder.

Eu não entendi se "Doido, né?" era algo bom ou ruim. Podia muito bem guardar aquela informação e fazer dela o que bem entendesse. Terminei de me vestir e ficamos nos olhando. Talvez só nos restasse nos despedir mesmo. Me aproximei para beijá-la, não sabia se na boca ou no rosto. Que difícil aquilo! Ela foi mais rápida e decidiu que seria no rosto – lascou um beijinho tímido, tocando levemente os lábios em minha bochecha. Depois, pegou sua mochila e tomou a direção da porta. Pelo que entendi, ela iria me deixar ali sozinho. Antes que isso acontecesse, perguntei inseguro:

– Mas foi bom?

Ela se voltou para mim e falou, sem graça:

– Foi megaestranho, Dan. Mas tá valendo!

Eu assenti com a cabeça, totalmente preocupado.

Voltei para casa a pé, pensando no que significava uma relação definida como "megaestranho-mas-tá-valendo". Imaginei que, talvez, não deveria ter feito tal pergunta. Mas o que se deve fazer?

Ela fechou a porta e o jeito que me olhou antes de sumir atrás da madeira toda pichada talvez fosse a imagem que eu guardaria para sempre quando me lembrasse daquele *show*, daquele encontro. Mais do que tudo.

Ao deitar na minha cama naquela noite eu era outra pessoa. Mas, sinceramente, não sabia quem e nem por qual motivo. Em poucas horas minha vida tinha passado por uma revolução. Virei-me para buscar o sono, mas a imagem de todos os meus colegas comentando minha *performance* na escola me impediu de dormir.

E se alguém soubesse de tudo?

O que as outras meninas iriam achar?

Como encarar a Martina no dia seguinte? Como?

Theo, certeza, iria querer saber como foi o *show*.

– Rapaz, acabei não indo – eu diria. Certeza de que diria. – Doido, né?

ALÍCIA EM

O DIA EM QUE NASCEMOS PARA A GENTE

6

Fiquei muito curiosa quando a professora Laila pediu que eu esperasse um pouco depois de o sinal bater. Não tinha ideia do que ela queria. Encarei a sala 1208 se esvaziando lentamente. Deu um aperto no coração, pois o fim estava chegando. Na semana seguinte começaria a bateria das provas finais, depois receberíamos as notas e "tchau". Em menos de um mês as aulas estariam encerradas. Era um adeus dolorido, forçado, que estávamos todos tentando nos acostumar ainda. Eu fiquei com vontade de cair no choro, mas o fato de a professora ter retornado me fez segurar o pranto.

Seus olhos claros estavam mais brilhantes do que nunca. Ela estava tomada pela emoção também. Sempre fora muito carinhosa comigo – eu era tipo um xodó dela. Acho que os professores sentem muito orgulho dos alunos mais aplicados, interessados em suas matérias. Era meu caso. Também, era importante que eu estudasse Física, sua disciplina, até para realizar meu grande sonho: ingressar na Aeronáutica. Eu sabia da dificuldade de passar em uma instituição daquelas, por isso minha dedicação. Mas não tinha muito segredo: o negócio era plantar para colher. O que isso significava? Que naquele último ano do Ensino Médio a minha aplicação – que já era enorme! – teria que redobrar, triplicar até. Meu maior pesar era a impossibilidade de estar com meus amigos de uma vida inteira, todos os dias, para aliviar as tensões da fase pré-vestibular.

Laila foi se aproximando, trazendo suas mãos escondidas atrás das costas.

– Eu queria te dar uma coisa, Alícia – ela falou.

Fiquei boquiaberta. Não esperava por um presente.

– Comprei para você. Achei que deveria te dar isso para ajudar na sua jornada de estudos no próximo ano. É uma forma de eu estar perto.

Então, ela me entregou um embrulho feito com papel verde-água, superbonito. Peguei-o, sem saber se deveria aceitar. Era muita gentileza da parte dela.

– Obrigada, professora... – recebi timidamente e comecei a abrir.

– Tenho certeza de que vai conseguir entrar em uma universidade pública que te leve a realizar todos os seus desejos profissionais e pessoais.

Nas minhas mãos estava um livro com mais de quinhentas páginas intitulado *Física Aplicada*. Na primeira delas, uma bela dedicatória:

"Para você voar e deixar sua marca. Com carinho, da sua professora Laila."

Não consegui conter o fio de lágrima que escorreu pelo meu rosto. Estávamos muito sensíveis a tudo mesmo. Era um momento muito difícil para todos nós.

– Posso te dar um abraço? – pedi.

Ela nem me respondeu e abriu os braços. Deixei o livro em cima de uma carteira e a apertei muito forte, com afeto e agradecimento, por tudo o que tinha feito por mim desde que nos conhecemos.

– Eu nem sei o que te dizer, professora. Muito, muito obrigada!

– Eu que tenho que te agradecer por ter sido uma aluna tão incrível.

Olhamo-nos com muito carinho, com nossas mãos ainda juntas.

– Mas tem muita coisa pela frente ainda, né? – ela brincou.

– Principalmente as provas das próximas semanas – lembrei, rindo. – Vou estudar muito. Quero fechar meu ciclo no Vivência em destaque. Por isso preciso correr para casa e mergulhar nos livros. Meus amigos, definitivamente, me acham uma maluca! – falei aos risos.

– Eu acho que, na verdade, eles te admiram muito – ela respondeu, tentando se recompor. – Eu também vou, Alícia. Tenho muito o que fazer também. Hummm... Onde estão minhas coisas? – ela procurou sua bolsa e sua pasta, que não estavam lá. – Talvez tenha deixado na sala dos professores...

Caminhamos até a porta da classe e ainda nos sorrimos. Foi quando um garoto passou correndo, quase nos atropelando.

– Parece que o pessoal não está querendo perder tempo... – brinquei.

Então nos despedimos. Ela seguiu para a sala dos professores e eu fui para o outro lado, rumo à saída, agarrada ao meu lindo presente. Aquele livro era como um prêmio para mim, um reconhecimento por tanto esforço. É sempre bom quando encontramos pessoas que acreditam na gente. Desde muito pequenininha eu falava que queria porque queria entrar na Aeronáutica. Tinha gente que dizia que eu era maluca por ser difícil e aqueles que até comentavam que "não era coisa de menina". Eu aprendi a lidar com tudo isso. Imaginava-me sempre vestida com aquelas belíssimas fardas e não estava nem aí. Meus pais sempre me apoiaram, e acho que só consegui continuar sonhando com isso por causa deles. Certamente iriam morrer de orgulho com o carinho e com as palavras da professora. Era muito bom vê-los felizes e satisfeitos com meu desempenho. Eles davam tanto duro para conseguir pagar aquela escola, para me oferecer bons materiais, e eu me sentia em paz por recompensá-los de alguma forma. Estava decidida ainda a tirar as melhores notas da classe nas provas que viriam para encerrar minha história no Colégio Vivência em grande estilo. Por isso, naquelas últimas semanas, minhas amigas podiam me esquecer definitivamente. Eu sabia que a tentação seria quase que diária – e não demorou a muito a chegar.

– Alícia, vamos ao *shopping* agora à tarde? – disse Jackie, se aproximando.

– Não vai dar, amiga. Tenho que estudar!

– Ué, mas a prova é só na semana que vem.

– Jackie! Não dá para estudar só na véspera, né? Dar uma lidinha na matéria e achar que está bom...

– Bom, é isso que eu faço. E sabe por quê? Porque nem de longe eu vou ter esse futuro brilhante que está destinado a você. Pode deixar que vou passar a vida na sua cola, só vendo se cai alguma coisinha de brinde no meu colo!

A Jackie era muito doida mesmo.

– Só sei que você vai ficar na história desta escola, mesmo ela não existindo mais. É a menina mais inteligente do Vivência.

– Que tonta você é! Para com isso... – pedi, envergonhada.

Segui na direção da rua pensando naquilo. O que faz a gente ficar na história de algo ou de alguém? Afinal, o que nos faz especial? Será que é ser correto? Dedicado? Será que é conquistar as coisas que a gente deseja? Eu não sabia bem a resposta. Era uma pergunta difícil e até filosófica.

Já estava quase no meio do caminho quando lembrei que tinha esquecido de devolver um livro na biblioteca. Tudo bem que a Cassandra não iria implicar comigo. Ela me conhecia bem, sabia que eu não era uma irresponsável. Mas mesmo assim fiquei mal. Até porque não curtia a ideia tirar vantagem por conta da minha boa reputação. Então, mesmo atrasando um pouco meu planejamento de estudos, decidi voltar para fazer a devolução. Eu achava que era importante ser correta em todas as situações, até nas mais simples.

Subi correndo as escadarias do prédio principal até chegar ao terceiro andar, onde ficava a biblioteca. Caminhei pelo corredor imenso e vazio e flagrei uma cena inusitada lá no fundo: o garoto que tinha cruzado comigo e com a professora Laila há pouco estava saindo de dentro do banheiro feminino. Que coisa mais estranha... e todo esbaforido ainda! Fiquei assustada, pensando o que poderia ter acontecido. Será que estava aprontando algo? Ou tentava ajudar alguém?

– Ei, o que está acontecendo? – saí atrás dele.

Quando me aproximei do banheiro, entrei rapidamente para conferir se havia alguém lá. Mas não encontrei ninguém. As cabines estavam vazias. Voltei para fora e percebi que o garoto havia parado mais adiante. Reconheci ele, era do terceiro ano. Estava perto de uma pilastra, talvez tomando fôlego. Inquieto, levava o celular à boca. Talvez estivesse mandando um áudio para alguém. Achei melhor não fazer alvoroço, na tentativa de descobrir o que havia acontecido.

Me aproximei sem que percebesse e pude ouvir sua fala sendo finalizada: *"Vem pegar logo, já está aqui. A professora estava distraída conversando com uma aluna na sua classe. Não vacila!"*.

Fiquei realmente intrigada com o conteúdo da mensagem. Involuntariamente, acabei entrando no banheiro outra vez. Encarei o pequeno espaço coberto com azulejos marrons, a pia e seus espelhos, além de cada uma das portas das cabines, onde se resguardavam os vasos. Em algum lugar, alguma coisa estava escondida, fruto de uma ação proibida. Esqueci por completo da devolução do livro e comecei a vasculhar o local, um tanto inconformada. O que será que ele tinha feito?

Olhei por todo o chão, revirei as latas de lixo, passei a mão nas divisórias das cabines, enfiei o dedo nos buraquinhos das torneiras, chequei ralos. Mas foi pregado com fita-crepe na louça de um dos vasos que, depois de um tempo, encontrei algo que me chocou: dobradinho, como se fosse um bilhete secreto, estava o gabarito da prova de Física que seria dada para a minha turma pela professora Laila na semana seguinte.

Sentei-me na tampa da privada completamente enojada de ter aquilo em mãos, mas não conseguia me desvencilhar daquele papel com as respostas. Que crueldade aquele garoto fazer aquilo com a professora Laila, que tinha acabado de ser tão bacana comigo. Eu precisava fazer alguma coisa urgente, talvez denunciar o jovem meliante. Mas o fato, conforme ele mesmo tinha dito em sua comunicação pelo celular, era que possuía um cúmplice – ou uma cúmplice, senão não teria se arriscado a entrar no banheiro feminino.

Como minha tarde já estava praticamente afetada, achei que poderia esperar um pouco para pegar em flagrante a mandante do roubo do gabarito da prova. Não demorou muito para eu ouvir a porta abrir e alguém adentrar o local espalhafatosamente. A pessoa parecia estar bastante perturbada, respirando ofegante, pisando firme e batendo em tudo. Me encolhi dentro de uma cabine. A ideia era descobrir quem era sem ser percebida.

– Cara, não estou achando. Patrick, onde você colocou? Que droga, hein? Logo meu motorista chega! – ouvi, tentando reconhecer a voz.

Mas naquele momento de tensão demorei para associar o som à imagem. Nessa minha tentativa de conexão, fui surpreendida com a porta da cabine se abrindo com força, quase me esmagando contra a parede.

– O que você está fazendo aqui? – ela disse.

– Cléo? – respondi, atônita.

Estava completamente surpresa. Esperava qualquer pessoa, menos a Cléo. Eu nunca imaginaria que ela poderia coordenar o roubo de um gabarito de uma prova. Por qual motivo? Encarei-a profundamente, como quem faz exatamente essa pergunta. Seus olhos correspondiam-me com um tanto de medo, um tanto de vergonha. Ela estava diferente de como costumava ser. Eu nem sempre concordava com o jeito que a Jackie definia as pessoas, mas era inegável como ela conseguia listar muito bem as principais características daquela nossa colega: um tanto fútil e desinteressada de tudo, que só tinha olhos para seu umbigo, além de esbanjar na frente de todo mundo a invejável quantia de dinheiro que seus pais possuíam. Sim, era muito forte falar isso, não me fazia bem, mas era a verdade. Eu me sentia muito distante dela, nunca fomos próximas, apesar de, nos últimos anos, termos caído sempre na mesma classe. Pensando em tudo isso, não chegava a nenhuma conclusão sobre suas razões para aquela ação.

Ela se virou e me deixou sem nenhuma resposta. Joguei o gabarito na minha mochila e fui atrás dela, querendo entender alguma coisa. Corremos pelo corredor que daria na biblioteca. Pensava que ela tinha, talvez, pagado o menino do terceiro para fazer aquela suja tarefa. “A Cléo compra tudo o que quer”, ainda ouvi Jackie repetindo na minha memória.

– Você estava procurando algo, Cléo?

– Eu só fui ao banheiro, que coisa!

Quando ela pôs o pé no primeiro degrau da escada para fugir, segurei-a pelo braço. Foi algo instintivo. Meu senso de justiça estava mais apurado do que nunca.

– Você estava atrás do gabarito, não é? – perguntei baixinho, sem querer expô-la. Podíamos resolver entre nós aquela situação, mas precisávamos colocar em pratos limpos o que tinha acontecido. Porque não era justo com a professora Laila. Não mesmo.

Ela se desvencilhou de mim e começou a descer os tantos degraus da escada circular. Eu ia atrás, pensando um zilhão de coisas. Mas a principal era: Como ela podia achar que era tão fácil conseguir as coisas? Inconformada, comecei a despejar minha opinião durante nosso percurso.

– Cléo, basta estudar! Você não precisa disso, é sério! Além do mais, talvez valha pensar no futuro. Você já sabe qual faculdade vai fazer? E outra coisa...

Senti que cada palavra que saía da minha boca tagarela ia minando sua força. Cléo passou a dar passos lentos, desistindo da escapada, como se estivesse ficando mais pesada. Acompanhei seu ritmo, certa de que logo estaríamos frente a frente. Quando se voltou para mim, era quase uma pessoa desconhecida. Ela, sempre cheia de vitalidade e exuberância (como era linda e chique aquela garota!), estava apagada e abalada.

– Eu não posso repetir de ano, Alícia... – confidenciou. – Estou mal nessa matéria.

– Mas basta você estudar...

Antes que eu pudesse lhe dar qualquer outro conselho, percebia ela desmontar na minha frente. Levou suas mãos ao rosto e começou a chorar compulsivamente. Me senti mal e fiquei sem ação. Não sabia se a abraçava, se pedia ajuda para alguém, se a tirava dali.

– Estudar! Fazer! Viver! Eu não aguento mais tudo isso – falou.

Não entendi muito bem ao que ela se referia.

– Tudo o quê? – perguntei temerosa.

Ela sentou-se no chão, apoiando-se na parede, quase sem forças. Onde estava sua opinião e até sua certa arrogância?

Sentei-me ao lado dela, tentando acolhê-la, no limite da intimidade que tínhamos.

– O que está acontecendo? – eu estava aflita. – Vou te levar até o ambulatório, pode ser?

Ela começou a fazer gestos de negativo com a cabeça, como quem faz uma súplica. Começou a limpar as lágrimas, secando-as com o blusão que tinha amarrado na cintura. Eu a observei se recompor, levantar-se e pegar sua mochila.

– Eu tô bem... – falou. – Alícia, não conte para ninguém o que você viu, por favor.

Certo. Eu não contaria para ninguém o que vi, mas seria impossível me esquecer de tudo. Passei a tarde pensando naquela garota, que estava tão diferente do que costumava ser. Depois de o plano dela ter dado errado, passei a ficar muito preocupada. Até tentei me concentrar nos estudos, mas foi impossível. Circulei pela casa a tarde inteira, na tentativa de fabular alguma explicação que me desse qualquer alento. Minha mãe, sempre atenta, quis saber o que tanto me afligia.

– Você parece tensa, Alícia. Aconteceu alguma coisa?

A Cléo tinha me pedido sigilo, mas era minha mãe. Eu não podia esconder o fato dela.

– Uma colega minha, a Cléo. Ela é uma pessoa cheia de vida, alegre, espontânea, tem tudo na vida, sabe? Família riquíssima, mãe! Encontrei ela chorando. Disse que "não aguenta mais nada". Mas nem faço ideia do que ela queria dizer.

Percebi que rapidamente a feição de mamãe mudou. Fez um único e certeiro comentário:

– Eu tenho ouvido muita história de gente da sua idade com depressão, Alícia.

Depressão.

A palavra não saiu da minha cabeça o dia inteiro.

Seria o caso da Cléo?

Mas por quê?

Imediatamente lembrei do filme que Filipa tinha feito todas as amigas assistirem. Uma das personagens adolescentes vivia esse problema e passava por situações desesperadoras. Então, querendo buscar mais conhecimento, tratei de fazer uma pesquisa sobre o tema na internet. Digitei o termo em um *site* de busca para entender quais poderiam ser os sintomas em adolescentes. Um deles era a mudança repentina de comportamento – e parecia o caso. Outra era a ideia de falta de sentido para a vida – e podia ser também o que ela sentia quando falou que "não aguentava mais as coisas". Aprofundei a minha leitura e descobri casos de jovens que até se automutilavam e chegavam ao extremo de cometer suicídio. Engoli a seco as informações.

Foi impossível me tranquilizar, é verdade. Estava completamente tomada pela possibilidade de a Cléo, uma garota da minha idade e que eu conhecia há tanto tempo, estar passando por algo do tipo. Ser adolescente não é mesmo fácil. A gente se sente completamente deslocada do mundo: não somos mais aquelas crianças superprotegidas pelos pais, ficamos expostos a tudo e a todos e ainda temos que dar conta do tamanho futuro que colocam em nossas costas. Mas, ainda assim, não podemos tomar decisões como os adultos. Milhões de coisas começaram a pipocar em minha mente: Será que aquele era o caso dela? Será que alguém tinha desconfiado do que acontecia? Será que ela conversava com alguém sobre a situação? Será que eu deveria quebrar meu pacto com ela e contar para alguém? Mas para quem? Professora Laila? Mercedez? Ou com a Luna, sua melhor amiga?

Era tudo muito confuso, eu não sabia que decisão tomar. Que terrível situação em que eu estava!

Lembrei de algumas técnicas de meditação que minha mãe um dia me ensinou e tentei relaxar. Era preciso calma para encontrar uma forma de ajudá-la.

Peguei meu telefone e busquei o número da Cléo na lista do grupo da classe no WhatsApp. Salvei o contato e fiquei encarando o número por um tempo, pensando no que fazer. Será que eu deveria perguntar como ela estava? Será que não seria muita invasão? Será que valia eu oferecer aquela gentileza?

Talvez fosse isto: gentileza nunca faz mal.

Mas foi só à noite que tomei coragem de mandar uma mensagem no particular: *"Se você precisar de ajuda para estudar, pode contar comigo!"*.

Foi uma maneira singela que achei para me fazer presente. Ela visualizou o recado cerca de uma hora depois – eu fiquei checando, ansiosa. Mas não obtive nenhuma resposta. Não estava dando conta daquela situação, fiquei bastante angustiada mesmo. Nem consegui dormir. Já era madrugada e, diante da perspectiva de uma noite em claro, até arrisquei a tirar o atraso de tudo o que não tinha conseguido estudar durante o dia. Ideia de jerico: a cada exercício que me propunha a fazer, a frase dela colava no meio do meu raciocínio.

"Eu não aguento mais tudo isso!"

No dia seguinte, Cléo não apareceu na escola. Pensei no pior, diante de tudo o que tinha lido em meu levantamento sobre a doença. A nossa cabeça vai além, sabe? O meu problema é que eu não sabia se podia dividir com alguém tudo o que tínhamos vivido na tarde anterior.

Com todo o cuidado, colei na Luna durante o intervalo. Como quem não quer nada, perguntei o motivo de a Cléo não ter aparecido. Ela me olhou com surpresa diante da minha indagação porque, na teoria, não fazia nenhum sentido o meu interesse. Ainda assim, muito educada, me respondeu que não fazia ideia, mas emendou um comentário:

– A Cléo anda tão estranha nas últimas semanas... – revelou. – Tem dia que está feliz, cheia de novidades e tal. Tem outros que fica quieta, no canto dela. Eu sei que está todo mundo abaladíssimo com esse lance do fim da escola. Acho que deve ser isso...

– A menina tem tudo na vida, não tem motivo para ficar assim, né, Luna? – intrometeu-se Theo, sempre grudado na namorada.

Fiquei um tanto incomodada com a fala dele. Luna nem respondeu, não entendi se ela concordava ou não com ele. Mas era muito simplista pensar daquela forma. Quer dizer que, por conta do dinheiro que os pais têm, a Cléo não podia ter sentimentos?

A tarde se repetiu como a anterior: com nenhum pingo de concentração para formular qualquer resposta dos exercícios na apostila. Minha cabeça estava dentro da casa enorme que ficava no bairro de luxo mais próximo da escola. Imaginava Cléo lá, solitária, precisando de algo, mas sem conseguir falar com ninguém. Sem ter coragem de se abrir. Talvez eu fosse a única pessoa que tivesse percebido que algo mais profundo e sério estava acontecendo com ela. Eu precisava me posicionar. Entendi que o tempo era precioso naqueles casos e não deveria me demorar. Larguei tudo em casa e peguei um ônibus rumo à casa dela, sem qualquer aviso prévio, até porque ela provavelmente não responderia ao meu chamado ou se recusaria a me receber. Estando na porta, de surpresa, as coisas poderiam se desenrolar de maneira diferente. Eu estava vencendo minha vergonha e timidez: Quando eu faria aquilo antes? Mas minha intuição me dizia que seria importante.

E intuição a gente deve respeitar.

Toda acanhada, apertei a campainha da imensa residência. Uma das empregadas da família foi quem atendeu a porta.

– Oi, boa tarde! A Cléo está?

A senhora, com cara emburrada, me encarou. Antes de perguntar o que eu queria, deve ter reconhecido o uniforme da escola.

– É colega dela? – perguntou.

– Sim, estudamos juntas – respondi, logo inventando algo que pudesse me fazer acessá-la. – Ela faltou hoje e achei que poderia trazer a matéria para ela, já que estão chegando as provas finais...

Talvez a senhora tenha achado nobre a minha atitude. Sem qualquer questionamento, me deixou entrar.

– Cléo está trancada no quarto desde a manhã – contou como quem revela um segredo.

– Posso ir lá?

Ao receber um positivo, segui pelo corredor indicado. Antes de seguir adiante, cruzei com uma mulher espalhafatosa, carregando duas bolsas, celular na mão, com óculos escuros e uma roupa exuberante. Ao dar de cara comigo, me fitou de cima a baixo e sorriu, também sem perguntar quem eu era ou o motivo da minha visita.

– Vai ser ótimo a Cléo receber amigas hoje! – celebrou, deixando claro que pouco sabia das relações da filha. – Ela anda tão insuportável! Essa fasezinha que vocês estão passando é fogo! Tia Eliza é quem tinha razão: ela dizia que a gente devia trancar os filhos em uma gaveta quando completam 10 anos e só tirar depois dos 20! – e seguiu rindo sozinha de sua piadinha infame.

Abri a porta e encontrei o quarto escuro. Cléo estava deitada na cama. Chamei pelo seu nome, e ela logo acendeu um abajur. Seu rosto demonstrava surpresa pela minha presença. Mas eu nem precisei perder tempo explicando por que estava lá. Em nosso silêncio estava tudo dito, tudo compreendido.

– Desculpe não te responder... – ela falou.

Ao mesmo tempo que prestava atenção nas frases pausadas que dizia, me impressionava com o tamanho de seu quarto. Talvez fosse o equivalente à minha casa inteira. A parede rosa, a cama com aquela cabeceira cheia de luzes, a escrivaninha dos meus sonhos. Aproximei-me da janela, coberta pela cortina, tentando ver a paisagem.

– Pode abrir – autorizou.

Assim fiz, deixando a luminosidade entrar no cômodo. Cléo, naquele momento, voltou a se deitar na cama, meio que se protegendo dos raios de sol que a atingiram.

– Por que você não foi à escola hoje?

Ela me encarou, ressabiada.

– Fiquei com medo de que você tivesse contado para alguém o que viu ontem... aí inventei um mal-estar para ficar aqui.

– Mas eu prometi que não contaria...

Ela levou a mão ao rosto, arrependida.

– Eu não devia ter pedido para o Patrick roubar o gabarito. Mas eu estava tão desesperada... – e pausou um instante antes de terminar. – Tem dias que acho que vou surtar.

Eu não tinha nada a dizer. Não era hora de discurso ou qualquer tipo de repreensão. Me aproximei dela e me sentei na beirada da cama gigantesca.

– Por que você veio aqui, hein? – ela quis saber. – A gente nem é amiga.

– Senti vontade. Achei que precisava – argumentei. – E acho que nem é problema a gente se aproximar nessa altura do campeonato. A gente se conhece há tanto tempo.

– Uns seis anos talvez.

– Mais.

– Acho que nunca conversamos... assim, de verdade.

– Pois é.

– Somos tão diferentes, Alícia.

– Será? – duvidei. – A gente não sabe. Talvez a gente nem se conheça o suficiente para ter certeza disso. Só sabemos o que os outros disseram sobre a gente.

E então, para aliviar o clima, estiquei o braço, fazendo uma brincadeira.

– Prazer, Alícia!

Consegui, ao menos, colocar um sorriso em seu rosto. Ela correspondeu ao gesto, também esticando seu braço e apertando minha mão. O movimento fez com que a blusa de manga comprida descobrisse parte de seu antebraço, revelando algumas marcas. Sinais de pequenos cortes na pele. Me lembrei da minha pesquisa. A situação talvez fosse mais grave do que eu imaginava. Meu sexto sentido estava certo em me fazer procurá-la. Evidentemente, não era o momento de perguntar se aquilo era exatamente o que eu estava pensando.

Meu caminho deveria ser acolhê-la sem colocá-la contra a parede. Ir pelas beiradas. Estar perto, dar o mínimo de atenção, estabelecer uma confiança para que se sentisse confortável em dizer algo que não compartilhava com ninguém. Eu estava disposta a isso. E, na verdade, tinha ido lá com o plano traçado: proporia sessões diárias de estudo em dupla. Afinal, eu também não poderia deixar de lado o compromisso que tinha comigo.

– Podemos pensar em encontros de duas ou três horas diárias – sugeri. – O que acha?

– Acho bom – ela aceitou. – Nunca imaginei que você, a melhor aluna da classe, iria se predispor a estudar comigo, a menina mais nada a ver da face da Terra!

– Mais nada a ver! Por quê?

– Ah, sei lá, Alícia. Eu sou meio perdida. Não tenho rumo, sabe? Fiquei pensando na pergunta que você me fez ontem. Sobre a faculdade que quero fazer. Sei lá! Acho bonito esse seu lance de saber o futuro que quer. Esse desejo de ser alguém.

Eu ri. Será que era a coisa mais importante da vida mesmo?

– A gente pode encontrar sentido nas pequenas coisas, eu acho.

Cléo fechou a cara, um tanto desiludida.

– Eu tento achar esse sentido todos os dias, sabe? Mas acontece uma angústia dentro de mim. Eu não sei de onde vem. Eu acho que nem estou correta em sentir isso. Não deveria... – confessou.

– Você já conversou isso com alguém?

– Ah, já tentei com a Luna. Mas tem aquele mala do namorado dela. Eu nunca consigo espaço para falar das minhas coisas.

– E seus pais?

– Esquece, Alícia!

– E um profissional? Um psicólogo talvez?

– Coisa de louco, não é? É o que todo mundo diz aqui em casa...

– Faço terapia uma vez por semana. É sagrado.

– Jura? – ela se surpreendeu. – E por qual motivo?

– Para eu me conhecer. Para me ouvir. Para respeitar meus sentimentos. É uma conversa comigo, na verdade – contei. – Acho que poderia ser uma boa para você.

– Pode ser. Vou pensar – e depois perguntou com certa intimidade. – Você já sentiu esse desespero? Essa dor? Esse desejo de...

– De...?

– Sumir! Desaparecer!

– Não... – confessei. – Mas acho que esses sentimentos são possíveis, e não é apenas com você que acontece.

– Mas não tem explicação, Alícia!

– Não precisa ter. Somos seres humanos, somos complexos, temos sentimentos contraditórios, temos consciente e inconsciente, além de tanta coisa que a gente tem que cumprir todo dia, né?

– É... – concordou.

O que me deixou mais feliz e em paz foi que aquela conversa não parou naquele dia. Não mesmo! Nos dias que vieram cumprimos o nosso combinado. Diariamente, por volta das três da tarde, lá estava eu na casa dela. Sabendo que o mais importante não era que a gente estudasse para tirar nota boa ou chegar a algum lugar lá na frente. O futuro deixou de ser o principal para mim naquele momento. E acho que para ela também. A cada encontro, construíamos um tanto mais do nosso hoje, abrindo caminho para conversas que jamais imaginei que teria com a Cléo, a quem eu achava ser a garota mais volúvel da escola. Ela não era. E ela também descobriu que eu era muito mais do que a garota mais inteligente da classe.

Os temas dos papos foram variando, e eu pude conhecer mais sua alma e seu coração. Uma menina que só desejava calma e paz no lugar do tumulto que a tomava internamente. Entendi, naquelas tardes, o quanto falarmos abertamente sobre o que sentíamos era essencial. Isso a gente pouco aprendeu no tempo que estivemos juntas no Colégio Vivência. A vida era muito mais do que notas, provas, simulados e a faculdade que "vinha aí". É mais que essa eterna competição, mais do que eu, mais do que ela. A vida, na verdade, era todos nós e o que fazíamos juntos.

O fato é que fui percebendo que a Cléo, dia a dia, se mostrava mais disposta, mais inteira, menos vulnerável. Eu sabia que se tratava de um trabalho contínuo e que ela precisaria encontrar outras formas de se ajudar – eu tinha apenas aberto o caminho, como um primeiro alicerce. Mas fiz com o maior prazer do mundo. Evidentemente, na escola, as pessoas passaram a estranhar nossa repentina aproximação. Jackie, que sentava ao meu lado na classe, até reclamou da minha distância nos últimos dias e sabia que Luna, a fiel companheira de Cléo, também sentira a mudança. Mas aquilo não nos importava. Estávamos vivendo um momento nosso. Era uma vitória para mim ver o rosto sereno renascer junto da exuberância de Cléo. E, de certo modo, sentia o mesmo acontecer comigo.

Sabendo de cor toda a matéria de Física, chegamos ao fatídico dia da prova que ela tanto precisava de nota. Eu estava confiante e tinha certeza de que ela estava com tudo na ponta da língua. Ainda assim, no horário do intervalo, nos recolhemos em um canto para tomar os principais pontos uma da outra. Após o sinal, fomos para a sala 1208. Laila organizou a turma em lugares diferentes dos que costumávamos sentar, a fim de evitar qualquer ação de cola pré-combinada. Pediu que eu fosse para a primeira fila, longe dos mais "perigosos e peçonhentos" da turma, que viviam querendo me atacar em busca de uma resposta no meio da prova. Ao passar por ela, me desejou:

– Boa prova, Alícia!

Eu sorri, lembrando do que ela sempre repetia: "Eu nunca te digo boa sorte porque você não precisa de sorte. Sabe tudo!". Foi exatamente o que eu disse para Cléo naquela manhã.

Eu estava me preparando, pegando meu material – lápis, borracha e caneta – na mochila, quando deixei cair algo lá de dentro. Sempre solícita, Laila buscou o papel no chão. Percebi sua movimentação bem atrás de mim. No momento que me virei para agradecer e pegar o que me pertencia, encarei seu rosto decepcionado. Sua energia tinha mudado da água para o vinho. Assustada, corri meus olhos para o papel amassado em suas mãos.

Era o gabarito.

Eu o tinha jogado lá dentro no dia da confusão com a Cléo. A minha preocupação com ela fora tanta que me esqueci completamente dele.

– O que isto está fazendo com você, Alícia?

Eu não tinha o que dizer. De onde eu estava, podia ver o rosto de Cléo me encarando com certo pavor. Medo de ser dedurada. Laila virou-se de costas, sem dizer mais nada. Senti o carinho e a confiança que ela tinha por mim se esvair em um piscar de olhos. Mas preferi o silêncio a contar toda a verdade – ainda mais na frente de toda classe.

Quincas cochichou para Jackie.

– Parece que é o gabarito...

A fofoca se espalhou num instante.

Diante de todos, a professora anunciou:

– Eu, infelizmente, terei que cancelar a prova – e voltou-se para mim. – E vou ter que levar o caso para a diretoria.

Incrédula, abaixei minha cabeça. Queria chorar, gritar, protestar. Mas não podia. Tudo poderia ficar pior – para a Cléo.

– Estão dispensados – ordenou Laila, antes de pegar seu material e sair, sem ao menos me chamar para uma conversa.

A turma foi se movimentando e deixando a classe. Pavio passou por mim e, sempre inconveniente, gracejou:

– Eita, a menina mais inteligente do mundo agora tem essa terrível marca em sua trajetória – e me estendeu a mão para um toque. – Tamo junto, Alicinha! Quando fizer isso de novo, passa as respostas pros *bróderes*!

Pavio tinha certa razão. Eu iria mesmo ficar marcada na história.

Mas na de Cléo. Quase no último minuto do segundo tempo desse nosso encontro. Bem quando nossa escola estava prestes a fechar. Confesso que não pensei em nenhum momento se continuaríamos próximas depois do fim. Sabia que meu papel com ela era aquele, acima de tudo. O que valia era transformar o hoje e cuidar disso. Naquele dia, saí da escola tranquila comigo mesmo. Sabia que, na hora certa, conseguiria conversar com a professora Laila e explicaria tudo.

E sabia também que ela haveria de entender e até se dispor a ajudar Cléo no que ela precisasse. Era uma questão de tempo.

Naquele dia, nada aconteceu como prevíamos. Sem prova, acabamos indo para o parque. Somente ela e eu. Cléo estava mal por não ter me defendido, mas feliz com minha postura. Eu pensava que, no fundo, não era preciso tanta preocupação, tanto medo, tanto receio de tudo. As coisas se ajeitam, sempre. Tomamos um sorvete dividindo a mesma casquinha, brincamos no gira-gira como duas crianças de 8 anos, e ficamos deitadas por um bom tempo na grama observando o céu e o sol sem nada dizer.

Estávamos apenas sendo.

Sendo a imensidão que éramos, entre nossas dores, alegrias, escolhas e caminhos. Sem precisar explicar a revolução que acontecia ali dentro. Era uma fase sim, que precisávamos viver da melhor maneira. Porque era o momento de nos descobrirmos por inteiro.

Naqueles dias, na tentativa de ajudar Cléo, conheci uma Alícia que não imaginava existir.

Nas últimas semanas do Colégio Vivência, nasci para mim mesma.

XIMENES EM

A NOSSA VIAGEM

7

– Mano do céu, larga meu dedão!

Estávamos nós três no banco de trás do carro. Eu e o Ícaro nas pontas, cada um cuidando da sua janela. Quando necessário, abríamos cada uma até o talo para recebermos um tanto de vento para nos refrescar. Já era dezembro e o calor do verão começava a ficar insuportável. Um suor nojento insistia em escorrer por nossa pele. Quem estava sofrendo mesmo era o Quincas, que acabou recebendo o castigo de se sentar no meio. Desde que saímos, ele tinha o contínuo desafio de impedir que seu braço tocasse nos nossos, diante do risco de ficarmos grudados para todo o sempre. E o menino era grande. Corpulento e com ombros largos, ficávamos a um milímetro um do outro. Grande, mas fresco e exagerado: bufava, abanava-se, revirava-se por conta do abafamento que sentia. A certa altura, o imbecil inventou de tirar o tênis "para se refrescar" sem pedir autorização para ninguém no carro. Nem para mim, nem para o Ícaro, nem para o tio Augusto, pai do Ícaro, que dirigia, nem para tia Lena, a mãe, sentada no passageiro. E, pior que isso, depois de descalçado, ainda meteu o pezão no console quente, tentando alongar suas pernas. Imaginei o nojo que sentiram os dois na frente ao perceber aquele pé no meio deles. Não acreditava no que ele estava fazendo, um baita de um sem noção. Aquele pé feio, estranho, cheio de pelos nos dedos. Para ter uma ideia, o dedão do Quincas mais parecia um pequeno ursinho de pelúcia. Quando fiz aquela bizarra associação na cabeça, não deixei barato. Tudo bem, eu sabia que ele ficaria magoadinho, mas era a minha chance de descontar todas as vezes que ele tirou sarro de mim, fosse pela minha magreza ou pelas espinhas que eu andava colecionando no rosto nos últimos tempos.

– Cara, acho que tem uma taturana no seu dedo! – falei, e depois observei sua perna também peluda. – Meu Deus! E esse bichinho que você tem grudado na canela?

Quincas tomou um susto, batendo a mão no joelho, imaginando que eu estava falando alguma verdade.

– Seria um *yorkshire*? – falei, me referindo ao cãozinho peludo.

Foi quando ele se deu conta da piada. No outro canto, Ícaro se contorcia de tanto rir.

– Cara, de onde surgiu tanto pelo na sua perna? – perguntei, agora em um tom sério. De verdade, era uma dúvida real que tinha me surgido.

– É que sou homem, pô! – ele respondeu broncamente.

Percebi que não éramos apenas nós, no banco traseiro, que nos divertíamos com a situação. Os pais de Ícaro também estavam achando graça do nosso papo. Pude ver a risada contida do motorista pelo retrovisor. A gente estava ficando quase sem ar de tanto gargalhar, enquanto nosso amigo ficava mais e mais encharcado de suor a cada quilômetro percorrido – fato que, talvez, acontecesse por conta do excesso de pelos adquirido recentemente, após o estirão do qual sobrevivera. Como estávamos sempre juntos, não tinha percebido o quanto Quincas havia mudado.

– Mais cedo ou mais tarde todos vocês terão o corpo coberto de pelos. Lógico que uns mais, outros menos. É natural da vida – contemporizou tia Lena.

– Ih, tia, se eu for igual ao meu pai e meu avô ficarei lisinho para sempre – contei.

– Aí todo mundo vai achar que você se depila inteirinho, Ximenes! – provocou Quincas com ar de vingança.

Dei um soquinho no braço dele, que revidou. Péssima ideia que tive, porque ele acabou vindo para cima de mim, todo nojentão. Quando se virou para meu lado, Ícaro, com seus movimentos calculados, mandou um peteleco em sua orelha, deixando-o mais irritado.

– Eu odeio vir no meio! – Quincas reclamou.

– Ai, tadinho, tá apertado aí? – remedei.

– Força, Quincas! Tu és um homem, não és? – provocou Ícaro.

– Meninos, por favor, não façam muita algazarra aí atrás porque pode atrapalhar o Augusto na direção. Ele não pode se distrair nesta estrada, tem muito movimento. Fiquem quietos!

Rapidamente obedecemos. Tio Augusto, porém, não estava nem aí. Achei até que, por pouco, ele não faria uma piada com Quincas também. Eu conhecia o cara desde criança. Era um fanfarrão. Mas talvez tenha ficado com um pouco de pena do nosso amigo, até porque tinham menos intimidade. E outra: tia Lena vivia recriminando-o por suas tiradas sem graça.

– Vai demorar muito para a gente chegar, tia? – perguntou Quincas.

– Mais uns quarenta minutos – ela respondeu. – Se quiserem parar para ir ao banheiro ou comer algo, avisem. Tem um posto mais para a frente, não é, amor? – questionou ao marido, recebendo um sinal de positivo como resposta.

Devo confessar que eu estava muito empolgado com aquela viagem. Um fim de semana inteiro na chácara do Ícaro no interior. Cara, iria ser incrível! Fora que eu estava cheio de planos. Ainda mais porque passaríamos grande parte do tempo sozinhos, longe da tia Lena e do tio Augusto. É que os dois iriam a um festão de um conhecido da região que duraria o sábado inteiro. Pelo menos foi o que o Ícaro contou. O rolê ia ser chato, bodas de não sei o quê, aquela coisa de velho. Ele pediu para não ir e perguntou se a gente, Quincas e eu, não poderia lhe fazer companhia naquele fim de semana. Eles deixaram. Aliás, nossos pais estavam super de coração mole com a gente por causa do fechamento da escola. Estavam sensíveis com o fato de que nós, tão grudados, não iríamos conviver como sempre fora – e bem na reta final do Ensino Médio. Aliás, aquele era um assunto que estava na minha pauta para tratar com meus amigos durante aqueles dias: uma estratégia para convencermos nossos pais de nos colocar no mesmo colégio para, pelo menos, nos formarmos juntos. Os meus já tinham escolhido minha nova escola, mas os de Ícaro estavam demorando a decidir. Quincas já me dissera que xavecara os seus, mas também não tinha certeza de nada. E pensar que dali a uma semana nossa vida no Vivência estaria encerrada. Doía o coração a ideia de não fazer mais parte da sala 1208.

– Você nunca foi para a chácara, Quincas? – a mãe de Ícaro tentou se lembrar.

– Não, tia! – ele respondeu e logo provocou nosso amigo: – Nunca fui convidado!

Ícaro colocou a mão no rosto incrédulo com aquele vitimismo.

– Ah, mas é um chorão mesmo! Tem barba na cara, mas é um bebezinho! – falou, passando a mão na cabeleira do coitado, desgovernando todo seu penteado.

– Vinte quilômetros! Faltam vinte quilômetros! – anunciei, excitado, quando vi a distância na placa que acabávamos de cruzar.

•.•

Quando desci do carro, um filme passou pela minha cabeça. Me recordei de cada detalhe do dia que estive pela primeira vez naquele lugar: a tão famosa chácara do meu melhor amigo. Ah, não que tivesse luxo ou fosse uma espécie de lugar encantado. Nada! Era simples, mas oferecia tudo o que a gente precisava (ainda mais quando éramos mais novos). O terreno devia ter uns 2 mil metros quadrados. A casa ficava numa parte mais alta, que permitia que tivéssemos uma linda vista da paisagem lá de dentro. Era toda arrumadinha, cheia de detalhezinhos. Tia Lena era caprichosa, sempre foi. Lembro até do Ícaro no jardim da infância (nos conhecíamos desde aquela época!), no lanche, ele levava uma fruta cortadinha dentro do *tupperware*, enquanto minha mãe mandava uma laranja inteira e com casca para eu me virar na escola, embrulhada no papel-alumínio. Pô, eu tinha 4 anos! Custava cortar? Eu tinha uma inveja danada dele por isso. Depois entendi tudo. Fomos crescendo, passamos a frequentar a casa um do outro e saquei que a praxe era esta: tudo bonitinho, limpinho, organizadinho. A decoração de cada ambiente seguia o mesmo tom de cor, sabe? Era admirável. Além disso, a chácara tinha uma piscina, tão desejada em dias de sol; o campinho para matarmos nossa vontade de bater uma bolinha; e a imensa varanda, onde costumávamos ficar durante a noite jogando cartas, tocando violão ou só conversando mesmo.

Só nada. Porque conversar com aqueles dois era a melhor coisa da vida. Como eu adorava! Tá, não sei se já tinha falado para eles o quando gostava da companhia, da amizade deles. Se bem que o fato de a gente estar sempre junto já dava para sacar o tamanho da nossa ligação.

O Ícaro eu posso considerar o meu melhor amigo da vida toda. Como já falei, nos conhecemos desde o jardim de infância. Sempre nos demos bem, mesmo que tivéssemos personalidades um tanto diferentes. Enquanto ele é mais calado e observador – o que dá a ele o incrível poder de fazer os melhores comentários nas horas mais precisas –, eu gosto de interagir com as pessoas e sou desatento a tudo. Acho que juntos nos equilibramos. Nosso laço é tão estreito que posso até dizer que não temos nenhum segredo um com o outro. É a pessoa com quem sinto mais liberdade na vida, de ser quem eu sou por inteiro – e penso que ele sinta o mesmo comigo.

O Quincas, terceiro integrante da nossa trupe, surgiu em nossa vida apenas no sétimo ano. Grandalhão, é uma comédia, nunca fala coisa com coisa. É um atrapalhado de marca maior, mas nunca vi coração mais bondoso que o dele. Fora o tanto que nos protege. Nem sei se ele sabe o quanto zela por mim e pelo Ícaro. Se eu disser isso para ele, vai me responder: "Tá me estranhando, é?".

Sempre achei engraçado esse negócio de garoto não demonstrar seus sentimentos. Isso não acontece nem com melhores amigos. É muito ruim. Pensa no momento que estávamos passando. Que coisa mais difícil, precisávamos falar sobre tudo. Aquela coisa de perdê-los... tudo bem, eu sei que nos dias de hoje a gente consegue estar conectado de qualquer forma, estando no mesmo bairro ou mudando de país. Mas não iria ser a mesma coisa. A ideia de não estar ao lado deles todos os dias nos corredores do Colégio Vivência me fazia tão mal. E, olhando aquele cenário que marcou tanto a minha infância, juro, fiquei me segurando para não chorar – senão o Quincas iria pegar no meu pé.

– Ô Ximenes! Tá viajando aí? – ele gritou, já na varanda.

– Já estamos levando as coisas para o quarto! – avisou Ícaro.

•.•

– Onde vocês querem dormir? – perguntou o dono da casa. – Eu já quero deixar minhas coisas arrumadas.

– Ih, puxou a mamãe... – zombou Quincas, que apontou o colchão no chão. – Eu fico aí de boa.

– Pavor de dormir no alto da beliche, né, grandão? – falei, subindo no segundo andar da cama dupla. – Eu posso ficar aqui em cima.

– Fechado! – respondeu Ícaro, pousando sua mala no local destinado a ele.

Enquanto eu também organizava meus pertences, Quincas abriu a janela, de onde era possível ver a paisagem. A casa estava localizada em uma região cercada de montanhas.

– Acho que não duro três minutos nesta paz... – gracejou.

– "Vocês, meninos urbanos, precisam ser menos ansiosos..." – falei, e os dois riram.

– "Assinado: professora Geralda" – disseram em uníssono, sabendo que minha frase reproduzia uma das falas de nossa professora de Português, sempre pronta para dar conselhos que fizessem "nossa vida melhorar", como bem repetia.

Caímos numa gargalhada amarga, sabendo que tudo aquilo iria acabar.

– Não tem bicho aqui, né?

– Bom, Quincas, se você está perguntando sobre onças, a resposta é não. Mas se você está perguntando sobre pernilongos, a resposta é sim – disse Ícaro.

– Estava perguntando sobre os dois – respondeu. – Bom, então acho que rola a gente dar uma volta nesse mato aí, né? Ah, pra desbravar a natureza, que é bom... – ironizou.

– Tem uma cachoeira bacana a uns 5 quilômetros daqui. Podemos ir de bicicleta. Vou pedir que o Elias verifique se os pneus estão cheios.

– Pô, cara! – sorri com uma terna lembrança do caseiro. – O Elias ainda existe?

– Ô se existe. Já, já ele está aí!

– Da hora! Eu lembro das pipas que ele fazia. Vixe, era tão divertido!

– Pede que ele faz de novo – sugeriu. – Ele vai adorar.

– Certeza!

– Bom, se nós vamos até uma cachoeira, vou me preparar para curtir ao máximo o passeio – Quincas interrompeu meu *flashback*. Quando me voltei para ele, tomei um susto. É que dei de cara com uma cena que não gostaria de ver nunca na minha vida: ele, já sem camiseta, tirando a bermuda e a cueca; ou seja, peladão na nossa frente.

– Vocês trouxeram sunga? Melhor colocar, né?

Virei meu rosto, buscando o olhar de Ícaro, que certamente deveria estar fugindo também da tenebrosa cena. Mas seus olhos estavam perdidos na direção do nosso amigo. Ele estava em silêncio, talvez pensando em algo.

– Acho que não vou entrar na água, não – ele disse, em estado alfa.

Meio sem jeito, voltou a dobrar suas camisetas.

– E garotas? – fui direto ao ponto, tentando quebrar o clima. Era um assunto que eu precisava muito colocar na roda. Pulei da cama e fui até o cicerone: – Você conhece uma galera aqui na cidade, Ícaro? Será que rola de conhecermos umas meninas? Vai que a gente tá em um dia de sorte...

Ícaro riu do jeito que ele ri quando fica sem graça: mostrando os dentes, sem emitir qualquer som.

– Podemos ir de tardezinha ao centro – sugeri.

– Certeza de que vamos na sorveteria da cidade – zombou Quincas. – Interior, né? Sempre isso.

– Mas se nos render algo... – opinei. – Não vejo problema algum.

– Tá querendo perder o BV, Ximenes?

– Que BV, Quincas! Já perdi faz tempo!

Ícaro olhou para mim. Ele sabia que era mentira.

– Acho que a gente tem que curtir o quanto pudermos. Algum problema? – falei.

– Nenhum! Eu topo. Aliás, se tem menina no meio, tô dentro.

– Uh, garanhão...

Percebi Ícaro distante. Às vezes ele ficava daquele jeito, quietão. Sabia que sua cabeça matutava algo. Sua mente era um mistério para mim. Quem sabe quando tivermos mais de 80 anos, eu consiga decifrar 1% do que acontece dentro dele nos seus momentos de silêncio. Bem que eu queria.

•.•

– Você acha que rola de a gente convencê-los de nos colocar na mesma escola no ano que vem? Será que ainda dá tempo?

Eu não queria demorar para discutir aquele assunto. Achei que a melhor oportunidade, pelo menos de começar a falar com Ícaro, era aquele momento que estávamos a sós em cima de uma rocha próxima da cachoeira. Eu estava sentado com as pernas esticadas, enquanto ele, de pé, se equilibrava numa perna só, em um tipo de alongamento que costumava fazer. Tudo para aliviar as dores de quase uma hora de pedalada. Sem falar que estávamos todos sujos de poeira por causa da extensa estrada de terra que precisamos pegar para acessar o local. Ainda tivemos o azar de um caminhão passar por nós em alta velocidade e nos cobrir de pó da cabeça aos pés. O único limpo naquele momento era o Quincas, que havia pulado em um laguinho onde desaguava a cascata.

– Venham, seus fresquinhos! Pulem! – ele gritava lá de baixo. – A água está uma delícia!

Devia estar um gelo. Era sempre assim.

– É um doido mesmo! – eu ri.

Fiquei à espera de uma resposta de Ícaro em relação à minha pergunta. Ele passou um tempo me olhando. Era o jeito que ele tinha de elaborar algo que precisava dizer. Sempre muito cuidadoso, tudo muito pensado.

Eu insistia na minha ideia:

– Pô, mano. Imagine nós três, o trio maravilhoso do Colégio Vivência, juntos, prontos para arrebentar na nova escola. É o *gran finale* que a gente merece! Eu juro, vou dar um trato no visual, cortar esses cabelos, tentar trocar meus óculos por lentes de contato. Fora que eu preciso ir a um dermatologista decente para acabar com essas malditas espinhas. Mas você vai ver: Ximenão vai surpreender! Não vai ter para ninguém!

Ícaro sorriu discretamente. Depois, sentou-se ao meu lado.

– Eu vou morar em outra cidade.

Fechei a cara. De onde ele tinha tirado aquilo?

– Meus pais decidiram nesta semana. Estavam querendo mudar de ares há algum tempo, sair da confusão da cidade grande. A ideia deles é ir para o Nordeste, em uma cidade de praia. Querem uma vida nova mesmo – ele contou num tiro, tentando não deixar qualquer sentimento escorrer entre as palavras. – Eles aproveitaram este momento, já que teriam que me mudar de escola mesmo...

Eu fiquei em choque, sem saber o que dizer.

Como eu iria viver sem o Ícaro? Era doido pensar aquilo. Eu estava com tanta esperança de que nós fôssemos...

– Acho que não tem nem chance de abrir esse assunto com eles, Ximenes – ele falou, respondendo à minha pergunta inicial.

Concordei com a cabeça, desolado. Mas não queria deixar transparecer meus sentimentos, para que também não ficasse mal. Afinal, ele não tinha culpa.

Mas foi difícil segurar a bronca. Tudo estava mudando tão rapidamente. Não era nada fácil, só vinha porrada. A pressão que iria rolar dali para a frente, o vestibular e tudo mais. E eu que nem sabia o que iria fazer. Que faculdade cursar? Como eu iria sobreviver ao momento mais importante da minha vida sem meu melhor amigo?

– Vamos aproveitar este tempo que nos resta, meu amigo – ele disse.

– Que friiiio! – era Quincas que estava subindo na pedra, tremendo. – Que cara de velório é essa, gente?

Ícaro nada falou. Continuou me olhando, e entendi que era para que eu desse a notícia ao nosso terceiro integrante.

– Pô, Quincas, o Ícaro acabou de me contar... ele vai mudar de cidade ano que vem.

O garoto desabou ao nosso lado. Ficamos os três ali, em silêncio. A gente precisava decantar aquela informação com calma. Eu pensava no que aconteceria dali para a frente. Antecedi a cena: eu entrando sozinho numa nova escola, aos 16 anos, depois de ter passado a vida inteira em um mesmo lugar, com as mesmas pessoas. Meio que sem ter esse ciclo fechado de verdade, sabe? Como se tivesse sido posto para fora do lugar que mais me deixava protegido. Fiquei apavorado. Minha vontade era ficar esperando tia Lena e tio Augusto chegarem da festa e implorar para que mudassem de ideia. Mas, talvez, tudo fosse em vão. Por isso, mudei a rota do meu pensamento. Foquei no presente: a gente precisava aproveitar aquele dia e fazer algo incrível. Nós três. Eu não sabia o que a pequena cidadezinha podia nos oferecer, mas eu desejava que fosse inesquecível.

Talvez se eu perguntasse aos meus amigos, que também estavam tentando domar suas dores, pudéssemos, juntos, tomar uma decisão:

– O que a gente pode fazer de extraordinário hoje? Uma experiência nova, única... – falei.

Ícaro e Quincas me olharam e depois se encararam. O primeiro arqueou a sobrancelha e levantou os ombros, economizando as palavras. O segundo, por sua vez, pôs-se a pensar e deixou escapar um leve sorriso, como quem acha graça ou absurdo de algo que pensou.

– E se a gente tomasse um porre?

Achei surpreendente a proposta. Muito ousada.

– É! Sei lá se aos 18 estaremos juntos numa dessas... acho que podemos adiantar esse lance.

Ele tinha certa razão. Foi o que eu pensei.

– Vocês estão falando sério? – assustou-se Ícaro.

•.•

Estávamos.

Em cima das nossas bicicletas, de repente, nos vimos diante de uma pequena mercearia.

– Quem vai? – perguntei.

Nós três nos encaramos em busca da resposta.

– Eu ainda não acho que seja uma boa ideia... – advertiu Ícaro.

– Sinto que o destino nos colocou nesta situação! – profetizou Quincas, o mais empolgado.

– Acho melhor eu não ir – falou o dono da chácara.

– E por que, hein?

– Algumas pessoas por aqui conhecem meus pais. Se eu entrar aí e pedir umas cervejas, certamente vão achar estranho. E isso pode chegar aos ouvidos deles.

– É cerveja que a gente vai comprar? – quis saber.

– Meu irmão prefere cachaça – opinou Quincas. – Mas vocês é quem sabem. Eu topo o que for.

– A gente tem grana para isso?

– Eu acho que cachaça pode ser pesado demais – ponderou Ícaro.

– E o que você sabe de bebida, seu menino bonzinho? – desdenhou o outro.

– Me deem aqui o dinheiro – pedi. – Eu vou lá! – e tomei frente, porque senão aquilo nunca iria se resolver.

Ícaro e Quincas buscaram nos bolsos notas e moedas que guardavam. Na palma da minha mão, contabilizamos 35 reais.

– Acho que dá – falei.

Levando a grana, atravessei a porta da vendinha. Não tinha ninguém lá dentro, a não ser um sujeito no caixa.

– Pois não?

– Me vê uma cachaça! – pedi, sem ao menos saber se era assim que se comprava uma bebida.

O pior, evidentemente, aconteceu: o homem riu da minha cara. Me senti humilhado. Não fez o mínimo esforço para buscar o produto.

– É para você?

– É para o meu avô – respondi assim, na lata, sem vacilar, para não perceber que eu estava mentindo.

Ele me encarou mais uma vez.

– Nunca te vi por estas bandas – e colocou a mão no queixo. – Quem é seu avô?

Aí danou. Provavelmente o pessoal da região devia se conhecer. Além disso, o dono de um estabelecimento como aquele já devia estar escoladíssimo com tal situação e sabia lidar com meninotes como eu em busca da primeira ousadia alcoólica.

Sorri marotamente e emendei:

– Meu irmão tem 18 anos – joguei. – Ele tá aí fora.

– Cadê ele? – retrucou o homem, tentando buscar com o olhar alguém na porta. – Peça que ele venha buscar. Não vou dar bebida nas mãos de menor de idade. Isso já me rendeu problemas!

– Espera um pouco! – respondi, tentando achar a saída.

Corri para o lado de fora.

– E aí, Ximenes, cadê a garrafa? – Quincas me cobrou. Ícaro pareceu ficar aliviado, certo da minha desistência.

Tive uma ideia naquele momento que podia funcionar. Puxei o maior de todos e ordenei:

– Tira a camiseta e vai!

– Tá maluco, é? – Quincas se incomodou, mas logo mudou de ideia ao cogitar uma hipótese: – Tem uma gostosa lá dentro? É para tentar um desconto com meu físico?

Quando já estava com o peitoral descoberto, empurrei-o para dentro:

– Faça esses pelos todos no corpo e na cara valerem alguma coisa! Você se passa por maior de idade!

Quincas foi e fiquei rezando para aquilo dar certo. Ícaro me olhava assustado.

– Fica tranquilo, *man*. Qualquer coisa a gente dá no pé! – falei.

Demorou um tanto para nosso amigo voltar e, por isso, fiquei preocupado. Depois de uns minutos me aproximei da porta de maneira que não pudesse ser visto por quem estivesse dentro da venda. Precisava saber o que estava rolando.

Então, me surpreendi ao ver Quincas batendo o maior papo com o homem carrancudo, que agora até trazia um sorriso no rosto. Eu tinha que dar o braço a torcer: a lábia dele era infalível. Desejei que tamanho potencial pudesse nos ajudar também na hora de encontrar as garotas.

Quando Quincas se despediu e apontou para a saída, corri de volta para perto de Ícaro, que se mantinha em silêncio. Nosso amigo surgiu na porta da mercearia carregando duas imensas sacolas plásticas e nos mostrou como troféus.

– Eita! Quantas garrafas você comprou? – me assustei.

Os olhos arregalados de Ícaro, já temendo o resultado daquela brincadeira toda, avançaram para dentro das sacolas, quando Quincas as abriu e mostrou o que trazia.

– Isso é bala? – riu Ícaro, muito menos tenso.

– Não apenas... – respondeu Quincas. – Balas, chocolates, salgadinhos dos mais variados. E tem também dois refris gigantes.

Eu não estava acreditando naquilo. Puxei uma das sacolas da mão dele para verificá-la.

– E as bebidas? – questionei.

– O velho não vendeu de jeito nenhum.

– Mas ele sacou que você era menor de idade?

– Que nada...

– E então?

– Ximenes, o sujeito é tão gente boa que me convenceu que esse negócio de beber não era o melhor caminho...

– Você é idiota? – cortei ele. – Como assim?

– É, ele me contou várias histórias de quem já tinha perdido o rumo da vida por causa do álcool e tudo mais. Fiquei bastante tocado. Então, me aconselhou que não iniciasse meu irmão nessas coisas.

– Irmão? – perguntou Ícaro, perdido.

– Sim, eu tinha falado para o homem que o Quincas era meu irmão mais velho... – expliquei.

– Ah... – ele suspirou. – Mas e aí você comprou essas guloseimas todas?

– Cara, o velho fez por um preço de banana. Pegou lá de trás do balcão essas duas sacolas e me deu. Falou assim: "Pode levar pelo dinheiro que você tem".

– E você gastou nosso dinheiro todo nisso? – Ícaro indagou.

– Não foi um belo investimento?

Levei as duas mãos ao rosto, sem acreditar no tamanho da burrice daquele garoto. Por alguns instantes até o tinha valorizado como nunca antes na vida. Aí me vem ele com a seguinte proposta: "E se nosso porre for de chocolate ou bala?". Era quase isso... como se tivéssemos, sei lá, 7 anos.

Lamentável, muito lamentável.

•.•

– Desamarra essa cara, Ximenão! – falou Quincas.

Estávamos de volta à chácara, sentados no terraço. Na nossa frente aquele mar de doces, salgadinhos fedorentos e marcas estranhas de refrigerante. Podíamos dar adeus aos nossos brancos e lindos dentes.

– Pensa que é tudo bebida, cara! – sugeriu ele, que estava abrindo o pacote de um salgadinho de cebola com textura de isopor. Como cheirava mal, mais que o normal. Quincas era um podrão mesmo. Se aproximou do saquinho aberto e lambeu os beiços. Depois, levantou-o ao céu e começou:

– Para sermos ouvidos. Respeitados e considerados. Pelo perdão por todos os pensamentos que passam pela nossa cabeça (principalmente aqueles direcionados pelos nossos hormônios mais potentes). Pelas meninas lindas que cairão aos nossos pés de hoje até sempre. Por todas as baladas que ainda viveremos. Pela paciência de nossos pais e mães. Pela escola, sim. Sempre. Pelas colas. Pela *brodagem*. Agora e sempre. Amém!

– Que é isso que você está falando, Quincas? – divertiu-se Ícaro.

– A oração do adolescente – ele respondeu. – Eu que inventei.

Tínhamos voltado para a chácara, tomado banho e agora estávamos limpos para, em breve, seguir para o centro da cidade. Como já era por volta das quatro da tarde, aquele seria nosso "lanchinho".

Quincas parecia um morto de fome, devorando tudo aquilo sem qualquer escrúpulo. Ícaro era bem mais comedido.

– Essas coisas meio gordurosas não me caem bem... – falou.

– Olha aí... e ainda queria beber! – zombou Quincas. – Fraquinho que só!

Eu beliscava algumas coisas sem muita animação. Na verdade, eu estava muito, muito decepcionado. Precisava achar uma maneira de fazer com que fôssemos para a próxima fase – a busca pelas meninas – o mais rápido possível e esquecêssemos aquela humilhação que estávamos vivendo. E eu imaginando que aquele poderia ser o dia mais legal da minha vida.

– E se a gente já for para o centro? – sugeri angustiado.

– Bora esperar, molecada. Estamos comendo de boa! – resmungou Quincas, agora devorando um chocolate pra lá de estranho. Ele levantou o tablete como se propusesse um brinde.

– Para tudo que vamos viver hoje! – e riu como uma besta.

Eu já estava inquieto e logo me levantei.

– Tô indo! – avisei. – Quem vai comigo?

Quincas rapidamente se colocou de pé e ergueu a camiseta, mostrando o abdômen um tanto flácido e fazendo uma dancinha.

– Então, eu tô pronto! Chamem as garotas! – brincou. – Onde estão? Como vivem?

Ícaro não estava tão animado, mas não pôde deixar de nos acompanhar. Rezei para que tudo desse certo. Eu precisava muito – mas muito! – dar meu primeiro beijo o quanto antes.

Voltamos a pegar as bicicletas e seguimos para nosso destino. Quincas, impressionantemente, carregou no seu guidão um dos sacos trazidos da mercearia e foi comendo o que restava por todo o caminho. O moleque era tão nada a ver – eu estava ficando tão irritado com ele – que deixava os papéis das embalagens caírem pela estrada. Chegou uma hora que tive que dar um basta, parar e recolher uma meia dúzia deles.

– Cara, eu nunca vi a marca desses chocolates! Só no interior mesmo – resmunguei, resgatando-os do chão.

– O que importa é que são deliciosos! – falou Quincas com a boca cheia.

Ícaro não segurou a risada e esticou a mão para mim.

– Deixa eu ver o nome disso! – falou divertindo-se.

Então, dei um papelzinho para ele, que leu.

– Afe! – ele soltou. – Esse negócio passou da validade faz um ano!

– Jura? – ironizou Quincas. – Nem percebi!

Naquele momento tive um estalo que me arrepiou a espinha. Segui até o glutão e peguei um punhado de bombons de sua sacola.

– Ei, não faz isso! – ele protestou. – Você não reclamou que eu comprei isso? Agora não vem querer comer...

Antes que pudesse tomá-los de mim, fui conferindo um a um. Todos vencidos.

– Quincas, o velho da mercearia te fez de trouxa! – avisei.

– Por quê?

– Ele te vendeu um monte de produto estragado. Por isso o preço. E por isso também que estava separado no balcão, como você disse.

– Que maldito! – ele bravejou, ainda mordendo o chocolate. – Vamos voltar lá para dar uma surra nele!

– Não viaja... – ponderou Ícaro. – A gente já está chegando no centro.

– É, Quincas, você não vai melar nosso segundo plano do dia. Foco nas garotas!

– Certo! – ele resmungou. – Mas se a gente passar por perto em algum momento...

– Você vai ficar na sua! – cortou Ícaro.

Quando chegamos ao nosso destino, o clima entre nós já estava melhor. Tanto que logo Quincas indicou algo com a cabeça. Fui conferir.

– Ah, hoje é meu dia! – sussurrei.

Três garotas bonitinhas sentadas no banco da pracinha, conversando alegremente. Estavam livres, leves e soltas. Talvez, quem sabe, esperando caras como nós. Queria muito que rolasse algo naquela noite. Um beijo! Um beijinho que fosse! Podia ser em qualquer uma delas. As três eram meu tipo (tudo bem que eu nunca tinha pensado naquilo, por isso qualquer uma valia). Imagina que dia histórico eu estava prestes a ter. Viver aquela experiência com meus melhores amigos!

Puxei Ícaro pelo braço e pedi que ficasse por perto. Ao olhar para seu rosto, sempre *blasé*, tentei decifrá-lo. Queria entender o quanto ele também estava na *vibe* de ter a primeira experiência com uma garota. Ah, eu sabia muito bem que ele nunca fizera nada, igual a mim. Nem um selinho. Quando ele ficou conversando com a Jackie na minha festa, até achei que iria rolar algo. Diziam que ela estava a fim dele. Mas nada: todo mundo sabe que sobrou para o Dan o beijo dela. Embora até hoje ele se faça de desentendido quando o assunto é esse. E outra: o Ícaro sempre foi muito na dele, timidão. Sem muito jeito para aquilo. Sério, não me lembro dele xavecando ninguém. Mas devia ser difícil mesmo, coitado. Até eu que era mais extrovertido passava um sufoco! Não é fácil chegar, falar a coisa certa, encantar e tal. Ainda mais com essa magreza toda que eu tenho. Se ainda tivesse o tipão do Theo (ele conseguiu a Luna – a Luna! –, não vamos nem comparar...).

Tomei coragem e fui na direção delas, puxando meu amigo. Armei meu melhor sorriso e escolhi uma delas para olhar fixamente. Aquela era minha tática: se não desse certo, desviaria o olhar para a segunda e, caso necessário, para a terceira. Mas elas estavam muito dispersas. Cochichavam entre si, dando risadinhas. Não estavam me levando a sério! Fiquei um pouco pê da vida, pois não era assim que se flertava.

De repente, a mais baixinha colocou a mão no rosto e explodiu em risadas. As outras chegaram a se contorcer por algo que viam. Era uma situação muito estranha. Ícaro desanimou em determinado ponto, mas eu não estava disposto a desistir. Eu iria dar meu primeiro beijo de qualquer jeito. Cara, era a oportunidade certa, não tinha como dar errado! Eu nem conhecia elas, não era da cidade, talvez nunca mais nos víssemos: olha que chance única para treinar, bem longe da escola!

– Ximenes... – Ícaro me chamou, mas nem dei ouvidos. Mas ele insistiu. – Ximenes...

E as meninas continuavam toda espevitadas.

– Ximenes, eu acho que o Quincas não está muito bem... – ele, então, sussurrou ao meu ouvido.

Eu me virei em câmera lenta. Estava furioso, sem acreditar que tudo iria por água abaixo. Quando me voltei para trás, ainda pude ver Quincas se retorcendo, com a mão na barriga, tentando ficar em pé. Tentava manter firme um sorriso e um olhar sedutor no meio de uma feição que trazia dor e sofrimento. Então, tentou voltar a si, deu dois passos e encostou-se em um poste. Ele parecia suar frio. Eu não sabia se ia ajudá-lo ou ficava ali perto das meninas. Decidi seguir meu plano e olhei para elas, que agora faziam um silêncio sepulcral.

As três arregalaram os olhos de uma vez e logo entendi o motivo: Quincas tinha vomitado. E muito.

– Ah, não! – e Ícaro saiu correndo na direção dele.

– Que nojo! – gritou uma delas.

Constrangidas, levantaram-se e foram se distanciando.

Eu fiquei sozinho, cheio de raiva.

Vendo elas partirem.

Vendo minha grande chance acabar.

Vendo a noite inesquecível que tínhamos nos prometido se afundar.

•.•

– Cara, e as bicicletas?

– Esquece as bicicletas, Ximenes! – falou Ícaro, irritadíssimo. – Me ajuda aqui!

Estávamos nós dois caminhando pela estrada, carregando um Quincas que urrava, reclamando de dor de barriga. Durante o percurso, ele quase vomitou mais umas três vezes. Mas era claro que aquilo iria acontecer, afinal comeu praticamente sozinho as duas sacolas de besteiras fora da validade que tinha comprado.

Seguimos dessa maneira porque o Quincas não tinha condições de andar nem de pedalar. Ícaro pediu que um farmacêutico conhecido guardasse as bicicletas dentro da farmácia naquela noite. Ele achou que a causa do mal-estar do nosso amigo era bebida – quem dera! – e até nos deu uma cartela de remédio para ressaca de graça.

Quando chegamos na chácara, claro, Quincas correu e se trancou no banheiro. Deve ter ficado lá por mais de meia hora, certeza. Deixamos ele se recuperando e fomos ao jardim, porque estávamos quebrados por ter andado com aquele brutamontes pesado nas costas.

Deitei na grama, coloquei minhas mãos atrás da cabeça e observei o céu. Estava limpo, sem nuvens e com muitas estrelas, como é comum naquela região.

– Apesar dessa confusão, eu me sinto inteiro, vivendo a vida, a minha juventude – falei.

Ícaro, como de praxe, ficou quieto. Depois de um tempo, brincou:

– Virou filósofo, é?

– Estou só pensando, mano. Pensando em tudo isto que a gente está vivendo.

Ele, então, se sentou ao meu lado, achando graça do meu jeito meio amalucado.

– Você é *brother* de verdade, viu, cara? Gosto muito de você – olhei para ele, dizendo do fundo do coração. Fiquei com vontade. – Deixa eu falar uma coisa: tudo bem que você vai se mudar e tal, mas vamos tentar não perder o contato, mano. Sério mesmo!

Ele sorriu, concordando.

– Não vamos nos perder, não.

– Obrigado por esta viagem! – agradeci e deitei-me novamente no chão molhado do sereno. – Mas não posso negar: só faltou mesmo aquele beijo para esta noite se tornar inesquecível.

Então, os lábios dele tocaram nos meus, lentamente. Tive receio, mas também curiosidade. Fiquei sem reação. Queria jogá-lo longe, mas antes precisava entender bem o que acontecia. Ao mesmo tempo que eu queria quebrar a cara dele, relaxei e permiti que continuasse. Acompanhei o movimento de sua boca. Não sei por quê. Milhares de coisas passaram na minha cabeça. O medo de que alguém nos visse. Que alguém soubesse que aquilo tinha acontecido. Ele colado em mim. Nossa respiração tão próxima, tão íntima.

Era bom.

Era muito bom aquilo.

Me senti em paz também.

Ele descolou de mim e não fugiu. Ficou me encarando, como se tivesse feito uma simples travessura. Riu, achando graça. Sorria sem qualquer constrangimento. Eu estava trêmulo, assustado. A única coisa que pude perguntar foi:

– Você é *gay*?

Ele desviou o olhar e encarou o horizonte.

– Não sei. Será que preciso decidir isso agora?

Não entendi.

– Sei lá, Ximenes – ele respondeu com sinceridade. – Tive vontade. Experimentar...

Eu estava sem saber o que sentir.

– Fica de boa, cara. Tranquilo. Isso não foi nada demais, ninguém vai saber – falou. – Você também é *brother* de verdade!

Eu ri sem graça. Ele logo mudou de assunto e disse:

– Vou ver o Quincas. Vai que ele precisa de algo...

Eu preferi não acompanhá-lo. Fui direto para o quarto e deitei no segundo andar do beliche.

Pouco depois, Ícaro chegou apoiando nosso amigo, que reclamava sem parar. Logo o jogou no colchão que estava no chão.

– Vou tentar dormir para ver se tudo isso passa! – Quincas avisou, antes de apagar outra vez – Maldito velho!

Ícaro ficou lá, de pé, diante dele, com uma risadinha no rosto. Fingi que estava dormindo, mas conseguia vê-lo por uma fresta entre os braços que cobriam meu rosto.

Na penumbra, percebi ele feliz.

Sereno, como eu nunca tinha visto.

PAVIO EM

AULA

Afe, meu! Como a minha tia Deia costuma dizer, não deixaram nem o morto esquentar! Duas semanas depois do último dia e já estavam mexendo na escola. Pois é, ninguém ia acreditar. Mas era o que parecia, ué. Lá da esquina em frente já dava para ver umas três janelas faltantes na fachada. Outras tinham os vidros quebrados, mostrando que aquele prédio agora estava completamente abandonado. Eu estava passando e vi. Não fui atrás, não. Até porque eu queria mais é ficar longe daquele lugar. Pensando bem, que bom que estavam fazendo o favor de acabar com tudo! Ninguém ia sentir saudade mesmo. Eu, pelo menos, não.

O problema é que a escola ficava no caminho de um monte de coisa que eu precisava fazer no bairro. É, eu tava de boa em casa, e minha mãe me deu uma pá de tarefas: primeiro ir na farmácia comprar desodorante para mim e absorvente para minha irmã (era megaconstrangedor comprar aquilo!), depois tinha que ir ao supermercado pegar cinco pãezinhos e 250 gramas de muçarela, e ainda dar um pulo no correio e pegar uma caixa para ela enviar um presente de Natal para uns afilhados dela. É, eu sabia que ia ser assim: bastava eu sair de férias e ter minhas manhãs livres para minha mãe me fazer de empregado. Era o prazer dela. Nesse rolê todo, tive que passar perto do Vivência, já que o correio ficava na mesma rua.

Fiquei meio impressionado com o que vi. Eu sei que era meio pesado aquilo, mas fiquei feliz de me sentir vivo diante da escola que estava, sei lá, morta. Era tipo isso. Eu tinha vencido aquele período terrível da minha vida. Tá, eu sabia que no ano seguinte já teria outra para ir, só que meus pais ainda não tinham decidido qual. Mas eu estava tranquilo, sério mesmo. Afinal, quem tinha passado pelo tradicionalíssimo Colégio Vivência, "aquele-que-transformava-os-alunos-em-cidadãos-exemplares-preparados-para-o-mundo", encarava qualquer parada.

Embora eu ainda tivesse muito a fazer – precisava procurar outra farmácia porque não rolou de comprar o que minha irmã precisava na que eu fui porque a balconista me olhou rindo quando peguei o pacotinho rosa –, em vez de seguir meu trajeto, fiquei paralisado diante daquele cenário decadente. Estranhamente, comecei a andar mais perto dos muros, como se alguma coisa muito esquisita estivesse me atraindo. Foi bizarro!

Caminhei pelo quarteirão e vi que tapumes de madeira já cobriam as paredes. Bem na esquina, uma grande placa anunciava um empreendimento imobiliário. Velho, o prédio que iria ser construído era dos mais chiques! Sem zoeira, tinha até piscina no último andar pela foto que tinham colocado. Deviam ter pagado a maior grana pelo terreno. Eu sempre soube que o diretor Carmelo não era de perder tempo. O cara é malandro! Pelo que parecia, a construtora já estava começando os trabalhos.

Quem diria, o lugar que tanto falava em futuro se tornar do passado.

Eu fui ficando curioso para saber como estavam as coisas do lado de dentro. Enrolei o desodorante no saquinho plástico que segurava e coloquei no bolso. Isso para facilitar minha trepada no muro, só para dar uma espiadinha na parte interna. Pendurei-me e logo vi uma escavadeira enorme ao lado de uma grande caçamba de entulhos. Cara, não resisti, precisava muito saber qual parte da escola já tinha ido para o chão. Conferi no relógio se daria tempo de dar uma vasculhada no local. O Krebs não ia acreditar no que eu estava fazendo. Certeza de que ia mandar umas fotos para ele e aquele maluco ia mijar de rir. Tudo bem que ele iria acordar com minhas mensagens, porque aquele vagabundo dormia até as três da tarde quando não tinha aula. É, no duro!

Pulei e caí na quadra aberta onde sempre jogávamos bola. Senti um negócio estranho no peito. Quase voltei para trás. Me senti meio mal. Depois achei que era frescura minha e segui em frente. E imaginar que, numa hora daquelas, algumas semanas antes, a molecada ainda estava gritando sem parar, correndo de um lado para o outro. Agora um silêncio. Era meio atormentador, é verdade. Caminhei com a certeza de que ia encontrar uns homens trabalhando; mas andei, andei e não apareceu ninguém.

Fui na direção do prédio principal. Cruzei com pás e britadeiras pelo caminho. Algumas paredes já estavam no chão. Os bancos de concreto do pátio não existiam mais. Portas se transformaram em buracos. Por um deles é que avancei pelos corredores onde ficavam as salas de aula. O pó tomava conta da salinha do diretor Carmelo (quantas vezes já tinha passado por aquele lugar!). Na sala dos professores, mais materiais da obra junto de cadeiras empilhadas.

Eu estava eufórico pelo que estava fazendo. Era uma mistura de emoção e adrenalina. Tudo muito arriscado. Eu me sentia bem, me sentia livre, me sentia meio que dono de tudo aquilo.

Encarei o corredor largo na minha frente e saí correndo. No meio, joguei-me no piso frio, liso de tudo, e escorreguei de joelhos até chegar na outra ponta. Que da hora! Sempre quis fazer aquilo. Quando que aquela velha inspetora iria deixar? Sairia que nem doida atrás de mim.

Um extintor encostado deu mole para mim. Verifiquei se estava cheio – e estava! Que comédia! Apertei o gatilho e segurei a mangueira, e o pó tomou conta de toda a parede. Demais! Demais!

Saí correndo para o outro andar pela escada do meio da escola.

Lá em cima, dei de cara com a sala 1208. Sim, a inesquecível sala 1208. Palco de tanta pataquada daquele pessoal nada a ver. Dei um chutão na porta e entrei fazendo pose do professor Gerson.

– Bom dia… – e caí na gargalhada. – … seus babacas!

Imaginei os olhos assustados de cada um daqueles xaropes da minha turma como se descobrissem que eu seria professor por um dia. Já pensou o tanto de boas lições que eu ia dar para quem estava precisando? Ensinaria aquela gente a se virar na vida.

Subi no tablado e fiz das carteiras vazias minha plateia.

– Calem a boca, seus imbecis!

Busquei no chão algo que pudesse me fazer escrever na lousa. Um toco de giz rosa – só podia ser da professora Laila, que só usava aquela cor – surgiu perto do meu pé. Mas, em vez de usá-lo no quadro, optei por uma ousadia. Porque eu era disso.

– Meu nome é Pavio – e comecei a escrevê-lo na parede.

Foram surgindo sobre a tinta esverdeada um P, um A, um V, um I e um O. Minha marca! Eu estava deixando minha marca lá.

– Me respeitem! Me respeitem! – ordenei na minha divertida viagem. – Hoje vamos falar sobre como enganar o professor Brandão na droga da prova de Matemática. Abram a apostila na página sobre "Os melhores caminhos para roubar um gabarito". Quem vai me ajudar nessa é a nossa queridíssima colega Cléo, que é *expert* no assunto.

Mano, eu não estava me aguentando. Imagine se aquilo fosse verdade? Poderia passar horas pensando naquelas coisas, mas não podia perder tanto tempo. Ainda queria conferir como estavam as outras partes da escola. Antes de sair, encarei as carteiras vazias.

– Quincas, tu é um trouxa! – dei meu recado, jogando o giz onde sentava aquele moleque zoado.

Desci as escadas em direção ao ginásio coberto. Ah, se eu encontrasse uma bolinha lá, ia dar uns chutes para relaxar. E para relembrar os velhos tempos, é claro. Quantas vezes eu, o Krebs e o Montanha, quando ele ainda estudava no Vivência, roubamos as bolas no quartinho! Fora os esquemas que a gente fazia escondido naquela escadinha que dava acesso ao depósito de materiais. Vixe, eu nem posso lembrar dessas coisas...

Nada.

Nada?

Não tinha mais nada quando cheguei lá embaixo.

O ginásio já havia virado um enorme monte de entulhos.

Parei diante da porta, meio chocado, é verdade. Tudo no chão, demolido. Tijolos, madeiras, ferros retorcidos.

Era o... meu ginásio.

Mesmo incomodado, subi lentamente o morro de escombros e olhei tudo ao meu redor. Sentei-me ali mesmo. Achei que ia chorar, mas seria o maior papelão. Saquei do bolso meu maço de cigarros, peguei um e acendi. Quem diria que um dia eu estaria fumando dentro da escola. Assim, tipo num lugar aparente. Porque escondido, meu filho, a gente sempre deu um jeito.

Fiquei pensando numa pá de coisas sem sentido. Parecia um velhaco lembrando de um passado, na maior nostalgia. Nada bom aquele lance. Me fez mal.

– Que vontade de mijar!

Olhei na direção dos banheiros, certo de que seriam minha salvação. Mas eles não existiam mais também. Sem saída, precisava me aliviar. Joguei minha bituca no meio dos tijolos, dei um pisão nela, abri o zíper da bermuda e comecei a fazer ali mesmo.

– Que viagem! Agora tô marcando meu território de verdade!

– Esse negócio de não ter mais banheiro só complicou nossa vida, você não acha?

Mano, você não tem noção do susto que eu levei. Até dei um pulo pra trás e, como ainda não tinha terminado, me molhei inteiro. Sem entender de onde tinha vindo aquela voz, procurei alguém ao meu redor.

Não era possível.

Aquela barriga enorme, aquela camisa cinza com os botões se abrindo de tanto que estavam sufocados, as calças seguradas pelo suspensório. A careca, o nariz de batata, o bigodinho e os dentes separados mostrados pelo seu indefectível sorriso nada amigável.

– O que você está fazendo aqui?

O professor Brandão me olhou com cara de paisagem. Só naquele instante notei que ele estava mijando também e virei o rosto para evitar ver... bom, você sabe. Me deu certo nojo aquela cena deplorável.

– Você tá me perseguindo ou qualquer coisa assim, cara? – perguntei.

Depois de concluído o serviço, ele veio na minha direção.

– Que coincidência nos encontrarmos aqui, Fúlvio!

Eu odiava aquela mania de ele me chamar pelo nome.

– Pavio! – corrigi.

– Mas não é isso que está escrito na lista de presença... – justificou, como sempre fazia, achando graça daquela frasezinha que repetia para me provocar.

– Se liga, isso aqui não é aula, não! – avisei.

Dai-me paciência! A maior viagem aquele encontro. Estava certo de que minha visita estava encerrada, até pelo tanto de coisa que ainda precisava fazer.

– Esse cara vai ficar no meu pé por toda a eternidade? Ô encosto. Vai passar duas vidas inteiras e o velho ainda vai aparecer na minha frente, credo. – resmunguei, antes de gritar: – Me esquece, meu! A escola já fechou. Acabou tudo! Tudo!

– Esquecer? Que nada! Eu tenho tanta dificuldade de esquecer os meus alunos – ouvi ele responder bem perto de mim. Quando me dei conta, estávamos quase frente a frente. Estranhei sua rápida movimentação.

– Você só pode estar tirando comigo! – falei. – Isso é algum tipo de pegadinha?

Ele afrouxou o riso e olhou para baixo, como quem está à procura de algo.

– Você pode me ajudar, Fúlvio?

Ele estava me dando nos nervos. Então, tirou do bolso uma sacolinha de plástico verde, daquelas que se pega em supermercado para carregar compras. Não entendi o que pretendia fazer. Me distanciei o quanto pude, mas vi ele se agachar, ficar de cócoras, pegar algo no chão e guardar no saquinho.

– Vem, me ajude aqui. De repente você encontra algo para guardar.

– O que cê tá fazendo?

– Ué, eu vim aqui para ver se conseguia resgatar alguma recordação da escola. Afinal, foram mais de vinte e cinco anos lecionando nesta instituição. Como eu poderia deixar que tudo isso fosse abaixo sem levar nada? Tem gente que guarda a pedra do muro de Berlim, não tem? Ou de qualquer outro acontecimento histórico. Se esta é minha história, é isso que vou guardar.

– Ih, pirou de vez! – chiei.

Ele prosseguiu naquela doideira mexendo nos restos de madeira e destroços dos tijolos.

– Fúlvio, você acredita que nesta minha caminhada já encontrei uma caneta de prata, uma moeda argentina e uma correntinha com este pingente, com a letra L e a letra T. De quem será?

– E eu é que sei?

Então, levantou-se buscando outro canto para vasculhar.

– Vou sentir saudades disso tudo, sabe?

Quanto sentimentalismo! Todo mundo sabia que ele estava louco para se aposentar, repetia para quem quisesse ouvir que "já tinha feito sua parte" e "precisava descansar de tudo e de todos". E agora vinha com aquela história de saudade e tudo mais? Ah, me poupe!

Aí fiquei fitando ele e me dei conta de algo.

– Ei, professor Brandão, como você entrou aqui, hein? – minha pergunta era pertinente, porque o único jeito de acessar o local era pulando o muro, algo que achava improvável de ele fazer.

– Não se preocupe comigo – despistou. – Se quiser, pode ir. Eu vou ficar mais um pouco por aqui.

– Ainda não tá satisfeito?

– Não o suficiente. Se bem que tem muita coisa que vai ficar na minha memória – disse, girando sobre o próprio eixo, olhando para os escombros ao seu redor. Depois, parou na minha frente e me encarou. – E você? O que vai guardar do tempo que passou aqui?

– Nada! – disse involuntariamente, sem pensar muito.

– Nada? – ele arqueou a sobrancelha.

Não gostei daquele tom inquisidor. Mais uma vez ele fazendo papel de "provocador", que tanto gostava de se vangloriar. "É isso que os professores fazem: provocam!", repetia como uma justificativa pelo tanto de encheção de saco que fazia. O alvo de suas provocações muitas vezes tinha sido eu.

Dei de ombros para a pergunta. Não estávamos mais no papel de aluno e professor e, por isso, não devia resposta alguma a ele. Virei de costas e caminhei na direção do muro, certo de que estava na hora de voltar para minha vida. E se o destino fosse bacana com o Paviozinho aqui, eu nunca mais iria cruzar com aquele sujeito.

– Hoje não é dia, professor Brandão! O sinal da saída já tocou e a gente não tem hora para voltar – ironizei.

De costas, levantei a mão em um aceno; mas, quando estava prestes a colocar minhas mãos na parede para tomar impulso e voar para a calçada, ele disse o que não devia.

– Nem da Filipa você vai sentir falta?

Parei onde estava. O que ele estava querendo dizer?

Tornei a me virar para ele e fui caminhando na sua direção com uma cara de poucos amigos. O comedião estava rindo...

– Ah, Fúlvio, por favor! Todo mundo sabia da sua quedinha por ela. E, claro, do interesse dela por você. O seu problema sempre foi a incapacidade de olhar para um palmo a seu lado e ver o outro. Acabou perdendo essa chance. Sei lá, de viver um primeiro amor.

Ô cara atrevido! Eu tava abismado com aquele papinho. Ele continuou ainda, caminhando de um lado para o outro, meio que desenvolvendo aquele pensamento desnecessário. Me senti dentro da aula dele outra vez. Ele lá, se portando do mesmo jeito, com uma mão escondida atrás das costas e a outra no queixo, pensando e pensando. Aquele ar de quem acha que tem todo o conhecimento do mundo.

– Da frente da sala, Fúlvio, a gente vê tudo. Sabemos quem são nossos alunos, o que eles dizem, o que escondem, o que sentem.

A gente consegue decifrar os códigos de vocês. E eu nunca vi um menino olhando para uma menina como você sempre olhou para a Filipa. Você não sabia como se aproximar. E foi uma pena, porque ela também comentava de você.

– Mentira!

– Verdade, Fúlvio. Sabe, eu até entendo esse espírito rebelde que você sempre teve. Muitos adolescentes são assim. Querem quebrar regras, contestar, encontrar seu lugar. Está corretíssimo. O problema é quando não percebem o que está acontecendo ao redor. Quando tudo vira ódio desmedido e sem razão. Depois que você riu da Filipa naquele caso do Cineclube e teve a confusão entre vocês dois, ela ficou muito, muito magoada. E você perdeu todas as chances que tinha.

– Mentira! – eu insistia, sabendo que tinha um fundo de verdade no que ele dizia.

– E agora está aí, sem nunca ter dado um beijo na boca – me provocou.

– Ei, *qualé*? Tá duvidando de mim? – me defendi. – Eu tenho meus rolos por aí.

Mas ele estava se divertindo com a minha cara.

– Acho que isso que está acontecendo, o fim desta escola, pode ser também uma boa hora para você rever seu comportamento. De se transformar, de começar uma nova fase. Eu sou velho e sei o que estou dizendo, Fúlvio: a grande oportunidade que a vida nos dá é a possibilidade de nos reinventarmos quando uma coisa chega ao fim. Porque fins são começos também.

Carregando a sacolinha verde no braço, ficou parado olhando o horizonte. Pousou as mãos na imensa barriga. Eu fiquei sem saber o que fazer. Estava ficando nervoso a valer.

– Chega de sermão! Cansei! É sempre assim! Chega, porque agora você não tem mais autoridade sobre mim. Nenhuma! E eu te digo o que sempre quis: vai para a....

Eu não consegui nem terminar porque ele ficou indiferente ao meu xingamento. Eu tremia de nervoso e queria repetir mais mil vezes aquilo. Quem era ele para me dizer o que deveria ou não fazer?

Segui pisando firme pelo relevo desnivelado dos escombros, tomando cuidado para não tropeçar ou torcer o pé. Deixei ele lá. Não podia ser verdade aquele lance da Filipa. Perdido oportunidade? Imagina! Eu não tinha feito nada de errado.

Que droga, que droga, que droga!

– Já vai, Fúlvio?

Ser uma nova pessoa? Nunca! Não preciso.

Será? Talvez não. Ele podia estar errado. Mas podia ser verdade. Mas nunca que eu ia voltar atrás e perguntar algo a ele.

Tipo, se sabia mais algo sobre mim.

– Vou! Tô vazando!

– Então saiba que você é um bom garoto.

Aquela era uma frase que não costumava ser direcionada a mim. Muito menos vindo dele, que gostava de se referir à minha pessoa como “o desagradável”. Parei um instante, esperando se ele iria falar mais alguma coisa. Mas não tive coragem de olhar para trás e encará-lo.

– Eu gosto de você. Se eu sempre me defini como um provocador, não posso negar que você também sempre foi um. Nossos embates, apesar de muito irritantes, tinham fundamento, Fúlvio. Não perca essa pulsão, meu querido aluno. Só se lembre: tenha apenas cuidado com as pessoas.

Fiz um gesto de negativo com a cabeça. Aquilo era uma piada.

– Isso tá pior que sua aula! – bufei, já no alto do muro.

– Adeus, Pavio! – ele falou, referindo-se a mim pelo apelido pela primeira vez na vida.

Caí na calçada e respirei fundo. Se tudo desse certo, eu nunca mais veria a cara dele. Precisava terminar as tarefas que minha mãe tinha me ordenado. Farmácia, supermercado, correio. Nem sabia por onde recomeçar. Caminhei meio que desorientado, quando vi estava dando a volta no quarteirão, preso àquele lugar. Me concentrei e consegui caminhar para mais distante dali, até parar. Acendi um cigarro para tentar relaxar e saquei meu celular do bolso para mandar uma mensagem para o Krebs. Ele não ia acreditar no que tinha acontecido.

Quando encarei a tela, identifiquei uma mensagem não lida. Algo enviado no grupo "*Sala 1208*", que todo mundo da classe estava. Havia sido compartilhada pela Martina.

"Vocês não acreditam: o professor Brandão passou mal quando a escola fechou e estava internado no hospital. Estão dizendo que ele acabou de falecer!"

Joguei o cigarro aceso no chão e comecei a correr sem parar. Nunca minhas pernas foram tão hábeis e ágeis. Corri, corri, corri até voltar para a frente da escola. Sem qualquer esforço, subi no muro e olhei panoramicamente os escombros.

Parecia que tudo estava mais destruído do que na hora em que eu tinha deixado aquele local.

Não havia mais ninguém lá.

Era como se uma parte importante de mim estivesse faltando.

CAIO TOZZI

Sou escritor, roteirista e jornalista. Graduado em Jornalismo pela Universidade Metodista de São Paulo, e pós-graduado em Roteiro Audiovisual pela PUC-SP. Meus contos e crônicas estão reunidos nos livros *Postal e outras histórias* e *Quando éramos mais*. Para os jovens leitores, já publiquei *Tito Bang!*, *Boa sorte, Dante*, *Procura-se Zapata*, entre outros títulos. Além disso, atuo na produção de conteúdo e histórias para projetos de arte, cultura e entretenimento, tendo dirigido e roteirizado documentários e escrito peças teatrais para jovens e adultos.

VISCA

Sou ilustrador e artista visual brasileiro. Estudei Design Gráfico na Faculdade Senac de Comunicação e Artes. Desde 2005, colaboro regularmente no jornal *Folha de S.Paulo*. Tive já vários livros publicados e tenho outros em produção com diversas editoras brasileiras. Tenho trabalhos em publicações nacionais e internacionais. Participo de exposições, feiras e projetos de arte, projetos editoriais, ilustração, comunicação e educação. Gostei muito de trabalhar as ilustrações deste livro. O texto do Caio Tozzi me transportou para o tempo de escola e foi impossível não me identificar com as sensações das experiências contadas aqui. Ao fazer as ilustrações, tentei dialogar com essas sensações pensando nelas um pouco como recortes gráficos de uma história dentro da(s) história(s).

Este livro foi composto com as famílias tipográficas
IBM Plex e Velodroma pela Editora do Brasil em 2021.